Gisa Seeliger

Gilbys Versprechen

Band 3

Ein Junge aus Midgard

und

die Horrorgeschichte von Ragnarök

Gisa Seeliger

Gilbys Versprechen

Band 3

Ein Junge aus Midgard

und

die Horrorgeschichte von Ragnarök

Fantastisch Sagenhaftes aus

der nordischen Mythologie

Jugendroman

Impressum

Bibliografische Information der Deutschen Nationalbibliothek:
Die Deutsche Nationalbibliothek verzeichnet diese Publikation in der Deutschen Nationalbibliografie; detaillierte bibliografische Daten sind im Internet über http://dnb.dnb.de abrufbar.

© 2022 Gisa Seeliger

Herstellung und Verlag: BoD – Books on Demand, Norderstedt

ISBN: 978-3-7562-7691-2

Inhalt

Vorspann

Sehnsüchtig wartete Gilby auf wärmende Sonnenstrahlen, welche den Schnee schmelzen ließen. Es war längst Zeit, Kräuter zu sammeln, doch unter der dicken Schneedecke regte sich kein Leben. Dieser Winter war kalt und dauerte an. Mond um Mond verging, ohne dass sich etwas tat. Stattdessen schneite es weiter und wurde beständig kälter. Immer häufiger fegte ein eisiger Wind über das Land und wirbelte den liegenden Schnee umher.

Nach weiteren Monden ohne Besserung schlich sich bei Gilby die Furcht ein, dass dies der Anfang des dreijährigen Winters war, von dem die Norne Skuld ihm berichtet hatte. Die Frostriesen rüsteten sich früher als erwartet für Ragnarök. All seine Bemühungen, dies zu verhindern, waren gescheitert. Doch dieses war der erste Winter. Es war noch Zeit. Vielleicht war noch nichts verloren.

Loki

Mühsam suchte Gilby unter dem Schnee nach Holz, um die Hütte zu beheizen. Er fand immer weniger. Auch das Essen wurde rar. Es gab keine Kräuter und die Ziegen gaben nur noch wenig Milch, weil auch sie unter dem Schnee kaum noch etwas zu zupfen fanden. Manchmal löste Gilby von den vereisten Baumstämmen die Rinde und brachte sie den Tieren zum Knabbern mit.

Gilby warf etwas Holz in die Esse und rieb sich die Hände über dem Feuer. Seine Mutter Sirid hatte sich in ein Fell gehüllt und schaute zu.

Es musste etwas geschehen. Er konnte nicht tatenlos abwarten. Einen drei Jahre andauernden Winter, der immer heftiger wird, würde niemand in der Siedlung überleben. Nur was sollte er machen? Durch den hohen Schnee konnte er nicht zu Yggdrasil. Wahrscheinlich würde er dort ohnehin niemanden antreffen.

Wäre er doch nicht nach Balders Tod so garstig zu Loki gewesen. Wenn einer helfen könnte, wäre es vielleicht der Feuergott. Denn der wollte Ragnarök ebenso wenig wie Gilby. Aber Loki wurde von den Göttern gejagt und würde sich nicht blicken lassen.

Gilby trat vor die Hütte in die eisige Kälte. An einem Unterstand erblickte er einen Bottich. Darin befand sich das Blut einer geschlachteten Ziege. Eine Idee keimte in ihm auf. Er schaute in das Gefäß. Das Blut war gefroren. Gilby schleppte das Fass in die Hütte und stellte es neben die Esse.

„Was machst du?", fragte Sirid.

„Ich brauche das Blut. Es muss flüssig werden", antwortete Gilby und ging wieder hinaus. Auf einer freien Fläche trat er den Schnee fest. Mit einem Stock malte er riesengroß *Kenaz* hinein, die Rune des Feuers. Es brauchte nur zwei Striche, die sich links zu einer Spitze trafen. Gilby trieb breite Furchen in das Symbol. Das Blut war inzwischen getaut, so dass er es hinein gießen konnte. Die Flüssigkeit gefror sofort und leuchtete rot in dem weißen Schnee. Gilby hoffte, dass neuer Schnee die Rune nicht zu schnell bedecken würde. Vor allem hoffte er, Loki würde sie sehen und seinen Hilferuf verstehen.

Eine Weile harrte er noch in der Kälte aus, bevor er wieder in die Hütte trat.

Sirid stellte gerade eine Suppe aus spärlichen Zutaten auf den Tisch, als die Tür polternd aufgerissen wurde.

„Was fällt dir jetzt schon wieder ein?", donnerte Odin los, der sich noch nicht einmal die Mühe gemacht hatte, sich als Wanderer zu verkleiden.

Sirid fiel auf die Knie und Gilby kam gar nicht erst dazu, eine Antwort zu geben.

„Denkst du, ich weiß nicht, wem das da draußen gilt?", brüllte Odin. „Dachte ich mir doch, dass du gemeinsame Sache mit dem Feuergott machst."

„Lass das Schimpfen", mahnte Gilby den Allvater. „Der Winter ist so lang und kalt. Ich muss etwas tun."

„So, und das ist ausgerechnet nach dem Listigen zu schreien."

„Es mag sein, dass Loki listig ist. Aber im Gegensatz zu dir, will er Ragnarök nicht", wandte Gilby ein.

„Du redest wie immer dummes Zeugs, Nordjunge. Loki ist derjenige, welcher Ragnarök vorantreibt. Er und seine Brut. Und du!"

„Du hast bei den Nornen nicht zugehört", sagte Gilby kopfschüttelnd.

„Du hörst mir nicht zu. Dein Versprechen steht noch aus. Du wolltest den Fenriswolf zurück bringen. Und? Wo bleibt er?"

„Das werde ich. Sobald du erkannt hast, dass es falsch war, ihn zu fesseln. Und ich die Möglichkeit und Zeit dafür habe. Dafür brauche ich Loki."

„Dir ist nicht zu helfen, Nordjunge. Loki wird auch *dein* Untergang sein." Damit verließ Odin die Hütte und sprang auf sein achtbeiniges Pferd. Bevor sich das Tier in die Lüfte erhob, ließ er von Sleipnir die Rune zertrampeln.

Eine Fliege verirrte sich in die Hütte.

„Loki?", fragte Gilby hoffnungsvoll.

Doch die Fliege surrte nur nervös herum und landete im Feuer. Betrübt blickte Gilby in die Flammen, aus denen sich plötzlich der Feuergott erhob.

„Loki!", schrie Gilby auf. „Komm da raus! Du verbrennst."

Galant stieg Loki aus den Flammen und grinste verschmitzt.

„Brrr... war mir kalt. Ich musste mich erstmal aufwärmen. Kein Wetter für Fliegen. Außerdem verbrenne ich nicht. Schon vergessen, wer ich bin?"

„Der Feuergott", antwortete Gilby.

„Na also. Das Feuer ist mein Freund. Ich hab die Rune Kenaz gesehen, bevor Sleipnir sie zerstörte. Sie galt mir, nicht wahr?"

Sirid sprang auf. „Ist das Loki Laufeyson?", fragte sie verblüfft.

„Ja, das ist Loki", antwortete Gilby mit Stolz in der Stimme. Ein Gott in der spärlichen Hütte gehörte schließlich nicht zur Tagesordnung und heute wurde sie bereits von zweien aufgesucht.

Loki legte eine Hand vor die Brust und verbeugte sich. „Sehr erfreut", säuselte er.

„Ach Loki, bin ich froh, dass du da bist", freute sich Gilby. „Was können wir nur tun? Der Winter will nicht enden. Ich glaube, Ragnarök wird kommen."

„Ach, und deswegen willst du wieder mit mir reden?"

Gilby ignorierte den Einwand. „Hast du eine Idee?", fragte er hoffnungsvoll.

„Ich hab immer Ideen. Nur meistens missfallen sie", witzelte Loki.

„Wo ist Balder eigentlich hingekommen?", brannte es Gilby zunächst auf der Seele.

„Er ist bei meiner Tochter Hel. Er starb ja nicht im Kampf. Also muss Odin auf Balder in Walhalla verzichten."

„Das ist gut." Gilby wusste, dass der edle Lichtgott es bei der Hel gut haben würde.

„Ja, seine Frau Nanna ist auch bei ihm. Sie starb vor Kummer über seinen Tod. Muss Liebe schön sein", fügte Loki ironisch hinzu.

„Oh! Aber dann sind sie wenigstens zusammen. Denkst du, dass Balders Tod Ragnarök einläutet, wie es die Prophezeiung vorsieht?", wollte Gilby wissen.

„Wir haben doch darüber gesprochen, Gilby. Es sind viele andere Dinge geschehen, die Ragnarök vorantreiben. Und das weißt du auch. Die Prophezeiung hat Risse bekommen. Vieles kann nicht mehr so eintreten, wie es weisgesagt wurde."

„Ja, so ähnlich sagte auch Skuld", erinnerte sich Gilby.

„Du machst dir wegen Balders Tod immer noch Vorwürfe. Glaube mir, dieser Winter wäre genauso lang, wenn Balder noch leben würde."

„Wir müssen nach Muspelheim", platzte es Gilby unvermittelt heraus.

Loki blickte ihn schief an. „Ins Land der Feuerriesen? Weil es dir hier zu kalt ist?"

„Nein Gilby. Denk nicht weiter darüber nach", rief Sirid.

„Surt wird mit seinem Feuerschwert die Welt verbrennen. Das erzählte mir Skuld. Das können wir nicht zulassen." Gilby schaute abwechselnd zu seiner Mutter und Loki.

Der Feuergott guckte Gilby an, als wäre er nicht ganz bei Sinnen. „Was bitte gedenkst du gegen einen Feuerriesen zu unternehmen? Seine Größe übertrifft alles, was du bisher gesehen hast. Selbst die Frostriesen sind Winzlinge dagegen. Und wie willst du die Hitze Muspelheims ertragen? Mir macht sie nichts. Aber du würdest zerschmelzen wie ein glühendes Stück Kohle."

„Da hörst du's", triumphierte Sirid, die eine böse Vorahnung hatte. Sie kannte ihren Sohn.

Gilby senkte betrübt den Kopf. „Ich kann meine Mutter sowieso nicht allein lassen. Sie wird erfrieren und verhungern. Es gibt schon jetzt wenig zu heizen und zu essen."

Loki ging zur Esse und bewegte seine Hand. Die Flammen loderten auf und brannten heftig auf den spärlichen Holzscheiten.

„Dieses Feuer kann nur durch mich wieder gelöscht werden. Damit wäre die Sache mit dem Erfrieren schon mal aus der Welt", unkte Loki. „Ihr werdet eure Ziegen schlachten müssen. Die verhungern und erfrieren ohnehin. Nutzt also besser deren Fleisch, statt die drei Tropfen Milch. Das Fleisch wird sich in der Kälte lange halten."

„Dann gehen wir nach Muspelheim und legen Surt das Handwerk?", fragte Gilby euphorisch nach.

„Nein", riefen Sirid und Loki aus einem Mund.

„Es ist zu spät, Gilby. Der Weltenbrand ist nicht mehr aufzuhalten", sagte Loki.

Gilby blickte beide abwechselnd an. „Wir können nicht tatenlos auf Ragnarök warten. Das könnt ihr doch auch nicht wollen."

„Nun, mir sind einige Weissagungen auch nicht fremd", antwortete Loki. „Surt wird das Feuerreich erst verlassen, wenn die Welt anfängt zu beben. Das ist der Beginn von Ragnarök. Es öffnen sich Risse. Darauf wartet der Feuerriese und wird erst dann aus Muspelheim austreten können. Bis dahin ist er in seinem eigenen Reich gefangen und züchtet für seinen großen Auftritt seine Armee heran – Muspels Söhne. Sie kommen über Bifröst und bringen die Regenbrücke zum Einstürzen.

„Bis dahin können wir nicht warten. Dann ist es wirklich zu spät", seufzte Gilby.

„Wir bleiben hier", bestimmte der Feuergott. „Du solltest dir erst ein Bild von Midgard machen, statt durch die Welten zu toben. Hier in deiner Siedlung ist es friedlich, aber..."

„Nein", unterbrach Gilby ihn. „Hier auch nicht. Meinem Vater Andvari wurde vorgeworfen, geklaut zu haben. Hat er aber nicht. Man nahm ihn einfach gefangen und opferte ihn dem Meeresriesen Ägir. Aber er ist jetzt im Totenreich bei Ran und dort geht es ihm gut."

„Da hatte er Glück. Aber du siehst, welch Fehler die Menschen hier schon begehen. Woanders ist es noch viel schlimmer. Ich möchte dir mehr von Midgard zeigen. Dann wirst du verstehen, dass auch die Menschen Ragnarök vorantreiben."

„Aber wie soll das gehen?", fragte Gilby. „Wir können nicht einfach durch Midgard reisen. Man wird dich sehen. Heimdall erkennt jede Ameise von seiner Himmelsburg. Und Odin schickt seine Raben Hugin und Munin aus."

„Deine Besorgnis überrascht mich. Du wolltest ja eigentlich nichts mehr mit mir zu tun haben", schmunzelte Loki. „Du vergisst, dass ich mich verwandeln kann."

„Ach ja? Ich soll in der Kälte durch den Schnee stapfen, während du dich als Fliege in meinem Ohr wärmst?"

„Die Idee ist nicht schlecht. Doch so kommen wir nicht voran. Ich verwandele mich in einen Adler."

„Das hilft mir wenig."

„Dich verwandele ich auch."

„Nein! Niemals!" Gilby hob abwehrend die Hände. „Ich lasse mich von dir nicht in einen Adler verwandeln."

„Wer spricht denn von einem Adler?", grinste Loki. „Du wärst sowieso fluguntüchtig und müsstest das Fliegen erst lernen. Ich verwandele dich in einen Hasen."

Gilby wuschelte sich seinen roten Schopf. Machte der Feuergott sich über ihn lustig?

„Du fliegst also durch die Lüfte und ich soll als Hase durch den Schnee hoppeln? Hast du dir das so gedacht?"

„Gilby, Gilby. Ich dachte, du wärst schlauer", runzelte Loki die Stirn. „Du bist meine Beute."

Gilby riss die Augen auf. Der Feuergott musste übergeschnappt sein.

„Vergiss es. Ich hing schon einmal in den Krallen eines Falken, als Freya mich über das Nordmeer flog. Das hat mir gereicht."

Loki zuckte die Achseln. „Wenn dir was Besseres einfällt, dann lass hören. Ich finde, ein Adler mit einem Hasen in seinen Fängen ist vollkommen unauffällig. Niemand wird auf die Idee kommen, dass es Loki und Gilby sind, die über Midgard kreisen."

„Du hast dabei nicht bedacht, dass die Menschen hungrig sind. Sie werden dich mit Pfeil und Bogen abschießen."

„Dem werde ich auszuweichen wissen."

„Trotzdem wirst du mich nicht in einen Hasen verwandeln."

„Maus geht auch. Nur könnte ich dich dann ausversehen verschlucken." Amüsiert zwirbelte Loki an seinen Bartspitzen.

„Du verwandelst mich in gar nichts. Wer macht das rückgängig, wenn dir was passiert? Außerdem will ich weder Hase noch Maus noch sonst was sein."

Sirid hatte das Gespräch der beiden still verfolgt. Jetzt mischte sie sich wieder ein: „Ich wünsche nicht, dass Sie meinen Sohn verwandeln, Herr Laufeyson. Gilby muss sich nicht verstecken. Wenn Sie nicht gesehen werden dürfen, ist es nicht unser Problem."

Loki blickte Sirid missmutig an. „Dann soll es auch nicht mein Problem sein, Midgard vor dem Untergang zu bewahren."

Gilby fragte sich, wo er nur hereingeraten war. Was hatte er angezettelt? Es ging anfangs doch nur um seinen Vater.

„Ist es für mich gefährlich, wenn du mich verwandelst?"

„Gilby!", rief Sirid entsetzt auf.

„Es tut etwas weh. Aber nur einen kleinen Moment", sagte Loki.

„Ich werde erfrieren, wenn du mit mir durch die eisige Luft fliegst."

„Ach was. Du bekommst von mir ein dickes Hasenwinterfell."

„Werden wir miteinander sprechen können?"

„Du willst schon vorher alles abklopfen, wie? Du weißt doch, dass ich als Fliege sprechen kann. Also auch als Adler. Dir allerdings werde ich diese Fähigkeit nicht anzaubern", beschloss Loki. „Es wird angenehm für mich sein, nicht von deinen ewigen Fragen genervt zu werden."

„Das ist ungerecht", maulte Gilby.

„Ich nenne es erholsam."

„Wann können wir los?"

Loki grinste selbstsicher. „Ich bin hier."

„Gilby, nein. Das ist verrückt. Mach das bitte nicht", bettelte Sirid.

„Ich muss, Mutter. Es wird bestimmt nicht lange dauern und ich bin wieder bei dir."

„Sehr gute Entscheidung", sprach Loki und bewegte seine Hand.

Gilby wollte aufschreien. Schmerzen jagten durch seine Glieder als seine Knochen schrumpften, doch kein Laut drang aus ihm heraus. Dann war es auch schon vorbei.

Zufrieden schaute der Feuergott auf den Hasen, der unsicher auf seine Mutter zu hoppelte. Sirid schlug ihre Hände vors Gesicht. Tränen kullerten aus ihren Augen, während sie über das Fell des Tieres strich.

„Komm gesund zurück, mein Junge", flüsterte sie.

Loki fasste den Hasen unsanft im Nackenfell und setzte ihn vor der Hütte in den Schnee. Gilby wollte maulen, doch nur ein kümmerliches Quieken verließ seine Kehle.

„Hm… ich hätte einen Schneehasen aus dir machen sollen. Naja, auch ein Gott kann nicht an alles denken", murmelte Loki.

Gilby bereute bereits, sich auf die Verwandlung eingelassen zu haben. Es entsprach nicht seinem Sinn, sich nicht äußern zu können. Zu weiterem Nachdenken hatte er keine Zeit mehr. Statt Loki hockte ein riesiger Adler vor ihm, der seine Flügel spannte und Gilby mit den Krallen ergriff.

Midgard

Schon befand sich Gilby in den Fängen des Raubvogels hoch über Midgard. Schnell, aber sanft glitt das Tier durch die Luft. Loki hatte ihn wirklich mit einem dicken Fell ausgerüstet. Er fror überhaupt nicht. Gilby betrachtete die weiße Einöde unter ihm und fragte sich, was der Feuergott ihm zeigen wollte. Außer einer Schneelandschaft, in der sich ab und an eine kleine Siedlung einfügte, gab es nichts zu sehen. Der Adler bewegte sich nach Süden. Etwas grün unterbrach hier und da die weiße Fläche und gewann an Überhand, je weiter der Adler flog.

Gilby hätte gern gefragt, was dies zu bedeuten hat, doch brachte er kein Wort hervor.

„Wir nähern uns dem Feuerreich und es wird wärmer. Deswegen wird der Schnee weniger", erklärte Loki, als hätte er Gilbys Gedanken gelesen.

In Gilbys Hasenkopf rotierte es. Gerne hätte er sich die Löffel geschrubbt, doch das ließ seine Position nicht zu. Bedeutete dies, dass im Norden Midgards der Winter einfach nur länger andauerte? Es hieß doch, der dreijährige Winter vor Ragnarök würde über ganz Midgard kommen. Gilby verfluchte den Feuergott, ihm das Sprechen nicht angezaubert zu haben und knurrte vor sich hin.

„Herrlich, diese Ruhe", freute sich Loki, dem das Knurren nicht entgangen war.

In der Ferne sah Gilby eine größere Siedlung. Schwarze Rauchschwaden stiegen von dort in den Himmel hinauf. Der Adler senkte seinen Flug, als er sich dem Ort näherte. Einige der Hütten brannten lichterloh. Dazwischen rannten schreiende Menschen, die von anderen mit Schwertern und Keulen verfolgt wurden. Gilby schloss die Augen, nachdem er ansehen musste, wie eine Frau erschlagen wurde und mit blutendem Kopf liegen blieb.

„Das wollte ich dir zeigen", sagte Loki. „Die Menschen in der Siedlung verweigerten Wegelagerern eine warme Mahlzeit und werden von ihnen überfallen."

„Geh runter", rief Gilby in Gedanken. „Wir müssen ihnen helfen."

Tatsächlich senkte der Adler den Flug und hackte den Verfolgern in die Köpfe. Wild schlugen sie mit ihren Waffen um sich, doch Loki verstand es, geschickt auszuweichen. Gilbys kleines Hasenherz setzte vor Angst fast aus. Wehrlos war er den Fängen des Adlers ausgeliefert und sein Körper schleuderte mit den Attacken hin und her, dass ihm schwindelig wurde.

Loki griff weiter an und hieb den Wegelagerern mit seinem Hakenschnabel blutige Wunden in die Köpfe bis die Schurken sich zurückzogen.

„Verflucht, was hab ich falsch gemacht, dass du in Gedanken zu mir sprechen kannst?", schimpfte Adler-Loki.

Er kreiste noch einmal über die zerstörte Siedlung, um sich weiter nach Süden abzuwenden. In dem Moment traf ihn ein Pfeil, er kreischte auf und segelte mit ausgebreiteten Schwingen herunter. Den Hasen hielt er weiter fest in den Krallen, die er erst kurz vor dem Boden öffnete. Gilby plumpste auf die Erde und der Adler landete über ihm. Der Hase hoppelte unter dem Flügel hervor und blickte entsetzt auf den verletzten Adler. Der schaute den Hasen mit trüben Augen und weit geöffnetem Schnabel an.

„Schnell, verwandele mich zurück", rief Gilby in Gedanken.

„Ich… muss…mich… erst… selbst…", stammelte Loki und blieb regungslos liegen.

Zwei junge Menschen näherten sich.

„Ich glaube, der Adler ist tot", sagte der Junge.

„Aber der Hase lebt. Er guckt so traurig. Und irgendwie verzweifelt", stellte das Mädchen fest.

„*Helft!*", rief Gilby. „*Wir sind Loki und ein Nordjunge.*" Gilby wusste nicht, ob die Menschen ihn hören würden und machte zur Unterstützung wilde Bocksprünge.

„Was hat er denn?", fragte das Mädchen. „Als ob er uns was sagen möchte."

„Hm… der Adler hat die Schurken vertrieben und seine Beute dabei nicht losgelassen. Das ist merkwürdig", überlegte der Junge.

Gilby klopfte mit dem Hinterlauf mehrfach auf den Boden. Er hatte mal beobachtet, dass Hasen es so machen.

„Ich glaube, er will uns wirklich etwas sagen." Der Junge beugte sich zu dem Adler herunter und fühlte ihn ab. „Er ist nicht tot. Sein Herz schlägt noch", stellte er fest.

Gilby klopfte wieder.

Der Junge zog seine Tunika aus und übergab sie dem Mädchen.

„Ich ziehe den Pfeil heraus und du presst die Tunika schnell auf die Wunde", beauftragte er seine Gefährtin.

Vorsichtig löste er den Pfeil aus dem Körper des Adlers. Sofort sickerte Blut in das Federkleid und das Mädchen stoppte schnell die Blutung mit dem Stoff.

Gilby malte unbeholfen mit seiner Vorderpfote einen Krähenfuß in die Erde und stupste den Jungen mit der Nase an.

Der Junge guckte verblüfft. „Das ist Algiz, eine mächtige Schutzrune. Wieso kennt denn der Hase das?"

„Das ist doch jetzt egal", sagte das Mädchen. „Algiz hat auch Heilkraft. Ich probiere mal was aus." Mit dem Finger nahm sie Blut aus den Federn auf und malte Algiz auf den Kopf des Adlers.

Gilby klopfte aufgeregt.

Der Adler blinzelte mit den Augen und schloss den Schnabel.

„Er reagiert", rief das Mädchen erfreut.

„*Bist du kräftig genug, dich zurück zu verwandeln?*", fragte Gilby.

Statt des Adlers befand sich plötzlich der Feuergott an dessen Platz. Das junge Menschenpaar wich erschrocken zurück.

„*Verwandele mich auch zurück. Sofort!*", kommandierte Gilby.

Loki hob die Hand und der Hase wurde wieder Gilby.

Wütend sprang er auf den Feuergott zu und trommelte wild gegen dessen Brust.

„Nie wieder wirst du mich verwandeln. Hast du verstanden? Von wegen, dir passiert nichts. Um ein

Haar wärst du gestorben und ich hätte für den Rest meines Lebens ein Dasein als Hase fristen müssen." Gilby war außer sich vor Wut, aber auch erleichtert, dass gerade nochmal alles gut gegangen war.

„War doch gar nicht so schlecht, ein Hase zu sein", scherzte Loki.

Gilby blickte ihn giftig an. „Gerade noch mal dem Tod von der Schippe gesprungen und schon wieder zu Späßen aufgelegt." Den Feuergott konnte scheinbar nichts aus der Fassung bringen.

Die beiden Menschen beobachten das Geschehen verwundert aus sicherer Entfernung. Loki und Gilby gingen zu ihnen.

„Das ist Loki, der Feuergott, und ich bin Gilby, ein Nordjunge. Wer seid ihr?"

Das Mädchen knickste artig, während der Junge sich verbeugte. Noch nie hatten sie einen Gott gesehen.

„Ich bin Lif", sagte das Mädchen.

„Und ich Lifthrasir", fügte der Junge hinzu.

Gilby schaute den Feuergott vielsagend an.

„Lif und Lifthrasir werden Midgard nach Ragnarök neu besiedeln. Das sagte mir Njörd", versuchte Gilby es in Gedanken.

Loki reagierte nicht, was Gilby erleichterte. Es wäre fatal, wenn Loki immer seine Gedanken lesen könnte. Dies funktionierte wohl nur nach tierischer Verwandlung.

„Ihr habt unsere Siedlung vor noch Schlimmeren bewahrt. Wir sind euch zu Dank verpflichtet", sagte Lif.

„Nein, keinesfalls. Wie haben euch zu danken. Ohne euch wäre Loki tot und ich zeitlebens ein Hase."

„Ich hab gleich gemerkt, dass etwas nicht stimmt", sagte Lif. „Du warst ein besonderer Hase."

Gilby lachte. „Trotzdem möchte ich nie wieder einer sein. Das war alles sehr knapp."

„Warum diese Verwandlung?", fragte Lifthrasir.

Gilby wollte anfangen zu erzählen, wurde aber durch einen Knuff von Loki gestoppt.

„Es geht niemanden etwas an."

„Lif und Lifthrasir schon", protestierte Gilby verärgert. „Sie spielen eine besondere Rolle."

Die beiden und auch Loki guckten den Jungen verwundert an.

„Wobei?", fragte Lif.

„Weil ihr liebe und kluge Menschen seid", wich Gilby aus.

Wieder schauten alle drei fragend. Der Feuergott hatte das Gefühl, der Junge verheimlichte etwas und nahm ihn beiseite.

„Was ist los?", fragte er.

„Lif und Lifthrasir sind die zwei Menschen, welche Midgard nach Ragnarök neu besiedeln werden. Sie werden sich verstecken und überleben. So sagte Njörd. Es kann kein Zufall sein, dass wir ihnen begegneten. Wir müssen sie schützen. Am besten mitnehmen", beschloss Gilby.

„Ich lach mich gleich tot. Ich dachte, wir wollen Ragnarök verhindern und jetzt tust du schon wieder so, als würde sie eintreten. Weißt du bald mal, was du willst?", fuhr Loki den Jungen an. „Aber bitte, wenn du meinst, nehmen wir Lif und Lifthrasir mit. Dann aber verwandele ich dich wieder in einen Hasen und die beiden in Nüsse, die du dir in die Backentaschen packst. Musst nur aufpassen, dass du sie nicht verschluckst."

Gilby zuckte unter den forschen Worten zusammen. Irgendwie hatte Loki Recht. Ragnarök sollte nicht eintreten und wenn doch, würden seine Mutter und er auch nicht überleben. Die Hel und ihr Reich, in das er nach seinem Tod eintreten wollte, wären wahrscheinlich auch vernichtet. Zum ersten Mal wurde er sich dessen bewusst und fragte sich, wo er und Sirid abbleiben sollten. Es gäbe wohl nichts mehr. Kein Walhalla, Folkwang und auch nicht das Totenreich der Ran. Eine entsetzliche Vorstellung. Nein, Ragnarök durfte nicht eintreten. Niemals!

Noch nie war dies für Gilby klarer als in diesem Moment.

„Gehen wir unseren Weg weiter", sagte er zu Loki. „Lif und Lifthrasir werden den ihren gehen."

„So gefällst du mir schon besser", lobte der Feuergott.

„Was machen wir jetzt?", wollte Gilby wissen.

„Tja, jetzt haben wir wohl ein Problem und sitzen hier fest."

„Wohnt ihr hier?", fragte Gilby Lifthrasir, die Worte Lokis ignorierend.

„Ja, und unsere Hütten stehen glücklicherweise noch."

„Könnt ihr uns Quartier geben bis wir wissen, wie wir hier wieder weg kommen?"

„Natürlich. Ihr seid in meiner Hütte herzlich willkommen, da ist etwas mehr Platz. Lif lebt in der Hütte nebenan mit ihren Eltern. Meine Eltern leben leider nicht mehr."

„Das tut mir leid", sagte Gilby.

Gemeinsam gingen sie durch die Siedlung, die ein trauriges Bild der Zerstörung bot. Schwelende Feuer, herumliegende Tote und weinende Menschen zeugten von den Gräueltaten der Wegelagerer.

Lifthrasir öffnete gerade die Tür zu seiner Hütte, als alle vier einen wütenden Schrei vernahmen und hektisch die Köpfe umdrehten. Vom Himmel ließ sich ein Pferd nieder, geritten von einer mit Speer, Schild, Helm und Brünne bewaffneten und gepanzerten Kriegerin, die nur durch das aus ihrem Helm wallende Haar als weiblich zu identifizieren war. Das Pferd landete vor den Toten, die Kriegerin sammelte einige ein und warf sie auf den Pferderücken.

„Ich muss dahin", raunte Loki und rannte los.

Gilby, Lif und Lifthrasir blickten ratlos hinterher. Sie beobachten, dass sich beide unterhielten. Die Kriegerin entfernte sich mit den Toten und Loki kehrte breit grinsend zurück.

„Das war Brynhild", erklärte er. „Die hat der Himmel geschickt, jedoch ganz sicher nicht Odin. Ah doch, Odin. Aber anders als er denkt." Freudig klatschte sich der Feuergott auf die Schenkel und gluckste vor Vergnügen.

„Du redest wirr", rügte Gilby. „Wer ist diese Brynhild?"

„Sie ist eine von Odins Walküren, liegt jedoch mit ihm im Streit."

„Was ist eine Walküre?", fragte Gilby sofort nach.

„Walküren sind Dienerinnen Odins. Sie sollen die in der Schlacht verstorbenen Toten nach Walhalla bringen und zum Leben erwecken, damit sie sich bekämpfen."

„Die Menschen hier starben aber nicht in einer Schlacht. Sie wurden einfach niedergemetzelt", wandte Gilby ein.

„Das ist dem Allvater egal. Er will in Walhalla so viele Tote wie möglich sammeln, damit sie an Ragnarök mit ihm kämpfen. Er geht sogar noch weiter und lässt von den Walküren Lebende töten. Brynhild verweigert ihm dies und deswegen ist Odin wütend auf sie. Aus Rache verlangt er von ihr, einen Sterblichen zu heiraten. Das ist für Walküren mehr als eine Strafe, denn mit ihrer Jungfräulichkeit verlieren sie auch ihre Unsterblichkeit und werden aus Asgard verbannt."

„Tzzz...", zischte Gilby. „Wie fies ist das denn? Ich wundere mich bald über gar nichts mehr bei dem ach so hochgepriesenen Allvater. Aber was erfreut dich so an der Geschichte?"

„Lass uns erstmal reingehen, bevor wir gesehen werden und dann reden wir weiter."

Die vier betraten die Hütte und setzten sich auf die Schemel am Holztisch.

„Brynhild ist natürlich auch über Odin verärgert und ihm nicht gut gesonnen. Sie empfindet es schon als Strafe, überhaupt heiraten zu müssen", fuhr Loki fort. „Unter gewissen Bedingungen hat sie erstmal zugesagt, aber nur, um sich nicht weiterem Zorn Odins auszusetzen. Sie war sehr erfreut, in mir einen

Verbündeten zu finden, der ebenfalls Groll gegen Odin hegt." Loki machte eine Pause und grinste vor sich hin. „Sie wird zurückkommen. Mit einem weiteren Walkürenpferd. Damit können wir reisen, wohin wir wollen. Als Gegenleistung verlangt sie, dass wir ihre Verheiratung verhindern. Na, was sagt ihr?" Der Feuergott schmiss sich wie ein Puter stolz in die Brust.

„Hm... schön und gut. Wohin wollen wir mit dem Walkürenpferd? Doch nach Muspelheim? Und wie willst du verhindern, dass Brynhild verheiratet wird?"

„Ich verwandele dich gleich wieder in einen Hasen, wenn du die viele Fragerei nicht endlich mal lässt", murrte Loki. „Ich sagte dir schon, nach Muspelheim können wir nicht. Nur die Feuerriesen und ich können dort existieren."

„Es muss einen Weg geben", überlegte Gilby kopfwuschelnd.

„Ich hab's", rief er gleich danach aus. „Wir müssen zu den Zwergen. Wie hießen sie noch gleich, die dir die Geschenke für die Götter fertigten?"

„Ivaldis Söhne und Brokk und Sindri", antwortete Loki. „Aber was soll das bringen?"

„Herrje, manchmal funktioniert dein Hirn auch nicht so dolle", lästerte Gilby. „Überlege doch, was die Zwerge alles für magische Dinge fertigten. So etwas muss auch für Muspelheim möglich sein. Zum Beispiel etwas für mich, damit ich nicht verbrenne und etwas, womit wir Surts Feuerschwert vernichten können oder am besten gleich den ganzen Feuerriesen. Was brauchen wir noch? Wer muss noch mit?" Gilby platzte fast vor Aufregung.

„Du bist wahnsinnig, Nordjunge. Aber die Idee ist nicht schlecht. Die Zwerge fertigten wirklich unglaubliche Dinge. Ich befürchte nur, wir werden keinen Erfolg haben. Wenn der Fimbulwinter angebrochen sein sollte, werden sich die Zwerge mit den Frostriesen verbünden."

„Wir wissen gar nicht, ob es der dreijährige Winter ist. Hier liegt kein Schnee und es ist auch nicht so kalt. Wir müssen zu den Zwergen nach Schwarzalbenheim und nachsehen."

Loki wiegte nachdenklich den Kopf hin und her. „Gut", sagte er schließlich. „Warten wir auf Brynhild und das Walkürenpferd."

Schon bald vernahmen sie galoppierende Hufe und verließen die Hütte. Brynhild war in Begleitung eines wunderschönen braunen Rappens, dessen Mähne und Schweif wie Gold glänzten.

„Das ist Kargur", stellte sie das Pferd vor. „Manchmal ist er etwas trotzig, dafür aber sehr tapfer. Er wird euch sicher überall hinbringen."

Gilby ging zu dem Pferd und wurde sogleich freundlich angestupst. Als Loki sich näherte, schabte das Tier mit den Hufen, drehte sich und schlug nach hinten aus. Loki konnte gerade noch ausweichen.

„Haha, der mag dich nicht", lachte Gilby.

Loki fauchte Brynhild an: „Was soll ich mit solch einem Gaul?"

„Ich sagte doch, er ist manchmal etwas trotzig", schmunzelte Brynhild.

Sie zog Kargur an sich heran und flüsterte ihm etwas ins Ohr, was mit einem lauten Wiehern beantwortet wurde.

„Du kannst jetzt zu ihm."

Weil Loki stehen blieb, ging Kargur auf ihn zu, blieb erwartungsvoll vor dem Feuergott stehen und schnaubte ungehalten, als keine Reaktion erfolgte. Das Pferd stieß Loki mit den Nüstern an und der Feuergott fiel hintenüber. Schimpfend rappelte er sich wieder auf.

„Er erwartet, gestreichelt zu werden", erklärte die Walküre.

„Ich lass mich doch von so einem Gaul nicht veräppeln. Bring mir ein anderes", forderte Loki.

„Also ich finde Kargur in Ordnung", entgegnete Gilby. „Was hast du ihm ins Ohr geflüstert?", wandte er sich an Brynhild. „Kann er sprechen?"

„Auf seine Art", antwortete sie knapp. „Ich habe ihm gesagt, er soll sich vom Feuergott nichts gefallen lassen."

Loki verschränkte beleidigt die Arme und Gilby lachte. „Das ist bei dem auch nötig."

„Ihr braucht Kargur nur sagen, wohin ihr wollt", fuhr Brynhild fort. „Er wird euch verstehen und kennt jeden Weg."

„Darf Kargur nach Muspelheim?", fragte Gilby.

„Es ist ein Walkürenpferd, ein Geistwesen. Die Hitze des Feuerreichs kann ihm nichts anhaben."

Gilby blickte erst Loki vielsagend an, dann tätschelte und beklopfte er das Pferd. „Aber es wirkt so echt. Das ist doch kein Geist."

„Nicht im üblichen Sinne", antwortete Brynhild. „Sehe es einfach als Engel in Pferdegestalt und ihr werdet beste Freunde."

Gilby wandte sich an Loki: „Was ist nun? Willst du dich nicht endlich mit Kargur anfreunden? Oder lieber oben in den Wolken von ihm abgeworfen werden?"

Loki schnaubte verächtlich, trat aber an das Pferd heran und klopfte gegen dessen Hals. Kargur bewegte zustimmend seinen Kopf rauf und runter.

„Geht doch", frohlockte Gilby.

Dann blickte er ratlos zu dem hohen Pferd auf. „Wie kommen wir da rauf? Es hat keine Steigbügel, keinen Halfter und Zügel."

„Ihr braucht nichts von alledem. Sag ihm einfach, dass du aufsteigen möchtest."

„Kargur, lässt du mich aufsteigen?", versuchte es Gilby.

Das Walkürenpferd knickte in den Vorderläufen ein und senkte sich herunter.

„Es versteht mich", rief Gilby begeistert aus und stieg hinauf. „Ich habe nichts zum festhalten", stellte er ängstlich fest.

„Du brauchst nichts zum festhalten", sagte Brynhild.

Gilby runzelte die Stirn. Ihm war nicht wohl bei dem Gedanken, auf dem Pferd ohne Halt gen Himmel zu fliegen. Aber dann dachte er an Sleipnir, der ihn im Gleitflug sicher durch die Luft getragen hatte.

„Worauf wartest du? Steig auf", forderte er den Feuergott auf.

Loki stieg ebenfalls auf das Pferd und setzte sich hinter Gilby.

„Bring uns nach Schwarzalbenheim zu den Zwergen", bat Gilby.

Kargur wieherte, bewegte sich leichten Schrittes vorwärts und stieg empor. Gilby, Lif und Lifthrasir winkten sich zum Abschied zu.

Brynhild rief Loki zu: „Vergiss nicht. Du schuldest mir was."

Fast gemütlich trabte das Pferd den Wolken entgegen und wechselte urplötzlich in einen wilden Galopp. Gilby erschrak sich noch nicht einmal. Er fühlte sich auf dem Rücken des Tieres wie festgeklebt.

Schwarzalbenheim

Kargur hielt auf ein Gebirgsmassiv zu und landete schließlich vor einem Fels. In der Wand befand sich eine spaltartige Öffnung.

„Dort gelangst du zu den Zwergen, kleiner Freund."

Gilby wuschelte sich den roten Schopf. Was war das? Die Worte waren in seinen Kopf gelangt, ohne die Ohren zu passieren. Er schaute Loki an, doch der zeigte keine Regung.

„Das ist der Eingang nach Schwarzalbenheim", stellte er stattdessen fest.

Gilby überlegte fieberhaft. Sollte er mit besonderen Fähigkeiten gesegnet sein, von denen er nichts wusste? Erst konnte er als Hase gedanklich mit dem Feuergott reden und jetzt verstand er offensichtlich die Gedanken eines Pferdes. Wahrscheinlich lag es aber wohl eher an dem Walkürenpferd.

Loki zwängte sich durch den Spalt und Gilby huschte hinterher. Sie gelangten in einen dunklen Höhlengang. An den Wänden befestigte Fackeln gaben ein schwaches Licht ab. In den Berg getriebene Stufen führten in die Tiefe. Je weiter Loki und Gilby hinab stiegen, je lauter wurde ein Dröhnen.

„Die Zwerge sind fleißig mit Hammer und Amboss beschäftigt", erklärte Loki.

„Dann ist hier alles ganz normal. Nichts mit Winter und Frostriesen", stellte Gilby zufrieden fest.

„Sieht ganz so aus."

„Nimmt diese Treppe denn gar kein Ende?" Der Weg in die Tiefe behagte Gilby nicht.

„Schwarzalbenheim liegt nun mal sehr tief unter der Erde. Aber wir haben es bald geschafft."

Am Ende der Treppe führte ein Gang weiter in den Berg hinein. Endlich erreichten sie eine große Höhle, die als Schmiede gestaltet war. In einer riesigen Esse loderte das Feuer und wirkte wie ein glühender Schlund. Zwei Zwerge hingen schwitzend an zwei Seilen und zogen sie abwechselnd rauf und runter, um die Winde eines überdimensionalen Blasebalgs in die Glut zu pusten.

„Wie umständlich", bemerkte der Feuergott sarkastisch.

Andere Zwerge waren emsig damit beschäftigt, Speere, Schwerter, Äxte und weitere Werkzeuge zu formen. Die Schläge auf die Ambosse hallten als Echo von den Felswänden zurück. Die ganze Höhle war von den Klängen erfüllt. Mit offenem Mund bestaunte Gilby das Leben tief unter den Wurzeln Yggdrasils.

Ein alter verschrobener Zwerg mit weißem Bart bemerkte die Ankömmlinge und humpelte ihnen entgegen. Ein knorriger Ast diente ihm als Stütze.

„Mein lieber Loki", begrüßte der Zwerg den Feuergott. „Ich bin erfreut, dich zu sehen, selbst wenn dir seinerzeit meine Geschenke nicht genügten."

„Ich freue mich auch, lieber Ivaldi. Gräme dich nicht wegen Vergangenem. Deine Geschenke waren schön und die Götter erfreuen sich bis heute daran."

„Nun gut. Du kommst nicht ohne Grund hierher. Und du hast jemanden mitgebracht. Was ist euer Anliegen?"

„Das ist Gilby, ein Nordjunge Midgards", stellte Loki den Rotschopf vor. „Er hat sich in den Kopf gesetzt, nach Muspelheim zu wollen, um Surts Feuerschwert und möglichst auch den Feuerriesen zu vernichten."

Ivaldi blickte den Jungen stirnrunzelnd an und seine vielen Furchen und Falten vertieften sich noch.

„Du fürchtest den Weltenbrand", kommentierte er wissend.

„Ja, die Götter und auch die Menschen beschwören Ragnarök hinauf. Die ganzen Prophezeiungen sind nicht richtig. Sie müssen nicht eintreten und einige können gar nicht mehr so eintreten. Und im Norden Midgards ist schon so ein langer Winter" sprudelte es aus Gilbys Mund.

„Ich weiß, mein Junge, ich weiß", sinnierte der alte Zwerg. „Deswegen arbeitet meine Sippe hier so fleißig, um gewappnet zu sein. Aber wie soll ich euch helfen?"

Loki ergriff das Wort: „Du und deine Söhne fertigten so unglaubliche, magische Dinge. Wir denken, es müsste auch für Muspelheim etwas herzustellen sein. Vor allem etwas, dass es Gilby ermöglicht, sich in der Hitze des Feuerreiches aufzuhalten. Und etwas, womit Surts Feuerschwert vernichtet werden kann."

„Ach, mein lieber Loki. So gern würde ich dir helfen. Doch ich bin alt und meine Kräfte sind verbraucht. Viel Energie kostete es mich, deine Geschenke für die Götter zu fertigen. Das goldene Haar für Sif, Skidbladnir und Gungnir. Schon damals brauchte ich die Hilfe meiner Söhne. Doch dir war es nicht genug. Du hast Brokk und Sindri herausgefordert, welche dir noch bessere Geschenke bescherten. Es war schmerzlich."

Der alte Ivaldi machte eine Pause und starrte gedankenverloren aus trüben Augen vor sich hin.

„Lange davor stellte ich mit meinen Söhnen Gleipnir her. Viel Arbeit war es, die Zutaten für das Band zu besorgen. Und ich verlor meinen Sohn Dvalin, dem die Aufgabe zustand, mir das Geräusch von Katzenschritten zu besorgen. Er brachte es mir noch, danach wurde er krank und starb. Ich bin zu schwach und meine verbliebenen drei Söhne schaffen es nicht alleine, die notwendigen Gegenstände für Muspelheim herzustellen."

„*Du* hast Gleipnir hergestellt?" Loki stieg die Zornesröte ins Gesicht.

Auch Gilby war hellhörig geworden. „Warum wurde Dvalin krank?", erkundigte er sich.

Ivaldi beantwortete erst Lokis Frage. „Ja, wusstest du das nicht? Odin bat darum. Er meinte, der Fenriswolf würde Unheil über Asgard bringen."

Zu Gilby gewandt fuhr er fort: „Ach, Dvalin war schon immer ein Kindskopf und nie ernsthaft bei der Sache wie seine Brüder. Ich sandte ihn nach Osten aus und er gelangte an eine Siedlung, in der einige Katzen herumstreunten. Aber statt das Geräusch des Katzenschritts einzufangen, interessierte er sich mehr für die gackernden Hühner. Eines hatte es ihm besonders angetan. Er verbrachte seine Zeit mit dem Federvieh und ließ sich dessen Eier schmecken, während er überlegte, wie er den Katzenschritt einfangen könnte. Dann fraß die Katze das Huhn und Dvalin fing vor Wut erst das Geräusch der davonstobenden Katze ein und dann die Katze selbst. Er ersäufte sie in einem Fluss, wurde von dem kalten Wasser krank und starb in meinen Armen."

Gilby schaute mit weit aufgerissenen Augen den Feuergott an und sagte nur ein Wort: „Smurfel!"

Loki stutzte. „Den ich aus dem Gjöll fischte?"

„Ja. Verdammt. Wir müssen ihn aus Hel holen. Wenn die Hel dahinter kommt, dass Smurfel an Gleipnir beteiligt war, ist er in allergrößter Gefahr."

Gilby wuschelte sich vor Aufregung den Schopf, erstarrte aber, als er die funkelnden Augen Lokis erblickte. Er hatte kurz vergessen, dass Loki Fenris Vater war.

„Hel sollte ihn wieder in den Slid werfen", reagierte der Feuergott wütend.

Nun guckte auch der alte Ivaldi die beiden verdutzt an. „Was redet ihr da? Wer ist dieser Smurfel? Was hat er mit meinem Sohn Dvalin zu tun?"

„Sieht so aus, als wäre Smurfel dein Sohn", erklärte Gilby. „Es ist ein Skelettmännchen. Wir begegneten ihm am Gjöll. Er sagte, er sei ein Kind gewesen. Aber konnte sich nicht mehr an alles erinnern. Nur dass er eine Katze ersäufte, wusste er noch. Deswegen ist er in Hel. Die Riesin Modgud fischte seine

Knochen aus dem Totenfluss und setzte sie zusammen."

Ivaldi fasste ergriffen nach Lokis Arm und zitterte am ganzen Körper. „Das ist Dvalin. Er muss es sein. Bitte, werter Feuergott, bring ihn mir zurück."

„Wie käme ich dazu, deinen Wunsch zu erfüllen, nachdem ihr die Fessel für meinen Sohn gefertigt habt?", fragte Loki zornig.

„Smurfel möchte ohnehin nicht zurück. Die Hel hat ihm verziehen. Sie wollte ihm ein Heim mit Hühnern errichten", sagte Gilby.

Der alte Zwerg schüttelte den Kopf. „Das sieht Dvalin ähnlich. Er ist und bleibt ein Kindskopf."

Gilby wandte sich an Loki. „Du solltest nicht mit den Zwergen zürnen. Die Schuld trägt Odin. Wahrscheinlich hat er Ivaldi Horrorgeschichten über Fenris erzählt."

„Ja, das hat er", bestätigte der alte Zwerg. „Wir fürchteten schon selbst um unser Leben, wenn der Wolf in Freiheit bliebe."

„Wir sollten Smurfel holen", kam Gilby auf das eigentliche Thema zurück. „Ivaldi braucht ihn und die Hel wird ihm nicht verzeihen, dass er ein Material für Gleipnir lieferte."

„Und du denkst, ich verzeihe ihm das?"

Gilby schaute den Gott flehend an. „Sei nicht so wie deinesgleichen. Sonst wirst auch du nicht unschuldig an Ragnarök sein."

Er wandte sich wieder an Ivaldi. „Kannst du etwas tun, wenn wir deinen Sohn zu dir bringen?"

Die trüben Augen des alten Zwergs erleuchteten. „Es wird mir Kraft geben. Meine vier Söhne und ich werden die magischen Dinge für Muspelheim herstellen können. Dvalin wird allerdings eine einfachere Aufgabe bekommen."

Gilby lachte. „Das wird wohl auch nötig sein. Wenn er Angst hat, fällt er auseinander."

„Das werde ich ihm austreiben", antwortete Ivaldi.

„Und? Was sagst du?", richtete Gilby das Wort an Loki. „Machen wir weiter? Bekommst du deinen Zorn in den Griff? Oder wartest du lieber auf Ragnarök?"

Loki schüttelte den Kopf. „Lass uns zu meiner Tochter und diesen verdammten Smurfel holen."

Der alte Ivaldi konnte seine Freude kaum verbergen und wirkte um viele Winter jünger.

Euphorisch sagte er: „Ich werde die Vorbereitungen für das Feuerreich treffen, während ihr meinen Sohn zurück holt."

Loki und Gilby verabschiedeten sich und traten den Rückweg durch den Berg an. Kargur erwartete sie, als beide aus dem Felsspalt austraten.

„*Das hat aber lange gedauert*", drang es in Gilbys Kopf.

Er schaute verdutzt zu Loki, doch der zeigte erneut keine Reaktion.

„Tut mir leid", sagte Gilby zu dem Pferd.

Loki guckte irritiert. „Was tut dir leid?"

„Ach nichts. Nur das Kargur so lange warten musste."

Kargur wieherte. „*Du brauchst nicht in Worten zu mir sprechen.*"

Sollte das heißen, Kargur würde seine Gedanken verstehen?

Er probierte es aus: „*Bringe uns nach Hel zu der Totengöttin.*"

„*Sehr gerne, kleiner Freund.*"

Das war ja was! Er konnte sich in Gedanken mit dem Walkürenpferd verständigen und Loki offensichtlich nicht. Was für eine phänomenale Vorstellung. Endlich mal etwas, was der Feuergott nicht konnte und er ihm voraushatte. Gilby grinste breit.

„Was grinst du?", fragte Loki.

„Ach, ich mag Kargur einfach nur." Gilby dachte nicht im Traum daran, sein Geheimnis zu offenbaren. „Komm, steig auf", forderte er Loki auf.

Dvalin

Kargur landete direkt vor dem Tor Eljudnirs, der Burg der Totengöttin. Hel erschien sogleich. Gilby konnte ihre Stimmung nicht erkennen. Sie verzog keine Miene.

„Ich glaube nicht, was ich sehe", sagte Hel tonlos. „Zum dritten Mal betrittst du mein Reich immer noch als Lebender. Dazu wieder in anderer Begleitung. Erst kommst du mit deiner Fylgja und einer Elfe, dann mit Thor und jeder Menge anderem Gefolge und nun mit meinem Vater und einem Walkürenpferd. Was soll mir das sagen?"

„Schön, dich zu sehen, meine Tochter", begrüßte Loki die Hel.

„Ich freue mich auch, Vater", antwortete Hel und blickte danach wieder Gilby fragend an.

„Wir sind hier, um Smurfel zu holen", sagte er ohne Umschweife.

„Natürlich. Du kommst einfach in mein Reich, um meine Toten zu holen. Und ich gebe sie heraus, so ganz wie es dem Nordjungen beliebt." Hels Ton klang sarkastisch.

„Wir brauchen Smurfel wirklich", ergriff Loki für Gilby Partei. „Es ist ein Sohn Ivaldis. Sein richtiger Name ist Dvalin. Nur mit ihm kann Ivaldi magische Gegenstände für Muspelheim fertigen."

„Wozu braucht ihr die?"

„Um Surts Feuerschwert zu zerstören. Du weißt, dass er damit die Welt anzünden wird, auch dein Totenreich."

Hel schaute Gilby an. „Sage mir nicht, du willst nach Muspelheim und dich mit dem Feuerriesen anlegen? Du wirst verbrennen und trittst schneller in mein Reich ein, als dir lieb ist. Aber anscheinend bist du ja gerne hier."

„Ivaldi und seine Söhne stellen etwas her, damit ich die Hitze aushalten kann und nicht verbrenne", klärte Gilby die Göttin auf.

„Du willst also gegen Surt und Muspels Söhne kämpfen. Dir ist bekannt, dass im Kampf gefallene nach Walhalla oder Folkwang kommen. Mein Reich wird dir verwehrt sein. Damit brichst du dein Versprechen, welches du mir gabst."

„Ich werde mein Versprechen halten und eines Tages über die Gjallarbru zu dir kommen", sagte Gilby bestimmt.

„Was macht dich da so sicher?"

„Weil ich in Muspelheim nicht sterben werde."

„Fast bin ich geneigt, dir zu glauben. Du hast mich schon oft überrascht."

„Dann dürfen wir Smurfel mitnehmen?"

„Ich will ihn zurück", bestimmte Hel. „Das musst du mir versprechen."

Gilby überlegte. Ivaldi würde traurig sein und er fand es auch gemein, ihm Dvalin wieder weg zu nehmen, nachdem er die Dinge für Muspelheim fertig gestellt hat. Womöglich wollte Dvalin auch bei seiner Sippe bleiben. Gilby saß in einer Zwickmühle. „Was zögerst du?", riss Loki ihn aus seinen Gedanken. „Es geht immer noch um den Weltenbrand."

Loki hatte Recht. Smurfel musste erstmal zu Ivaldi. Danach würde man weiter sehen.

„Ich verspreche es", sagte er zur Hel. Bei den Worten rotierte es in seinem Kopf. Die Versprechen wurden immer mehr. Fenris musste zurück zu Odin, Smurfel wieder zur Hel. Er hatte nicht die geringste Ahnung, wie er beides anstellen sollte. Nur dass er irgendwann über die Gjallarbru nach Hel gehen würde, wusste er. Weil er es wollte.

„Gut. Dann lass uns zu Smurfel in sein Dorf", beschloss Hel und grinste über ihre lebendige Gesichtshälfte. „Möchtest du auf Helhesten mit mir kommen?"

„Och nö. Ich nehme Kargur", bedankte sich Gilby.

Nach einem Pfiff der Totengöttin erschien das dreibeinige Pferd. Gilby rümpfte die Nase, obgleich ihm der Klepper schon gute Dienste geleistet hatte.

„Was soll das denn darstellen?", drang es von Kargur in Gilbys Kopf.

„Ach lass mal. Helhesten ist nicht der Schlechteste. Können ja nicht alle Pferde so schön sein wie du."

„Es stinkt bestialisch."

„Halt einfach Abstand."

„Das werde ich." Wiehernd stob das Walkürenpferd davon.

„Halt!", rief Gilby. „Wir müssen Loki mitnehmen."

„Der komische Kautz kann auf dem Stinkepferd mitreiten."

„Der komische Kautz hat einen Namen. Loki. Du magst ihn nicht?"

„Der mich ja auch nicht."

„Dann seid ihr euch ja einig. Hat auch was Gutes", beendete Gilby das Gedankengespräch.

Einzelne Hütten wurden sichtbar. Menschen bestellten ihre Gärten, spielten mit Hunden oder saßen einfach nur in der Sonne.

Dann sah Gilby das Skelettmännchen, umringt von gackerndem Hühnervolk.

„Da ist Smurfel", rief er. „Geh runter."

Kargur setzte inmitten der Hühnerschar auf, die kreischend in alle Himmelsrichtungen auseinander stoben.

„Haha, das war lustig."

Kurz darauf landete auch Helhesten.

Gilby rannte auf das verdattert drein blickende Skelettmännchen zu.

„Du da?", rief Smurfel fasziniert aus und zerfiel in seine Einzelteile.

Hel grinste. „Es macht ihm scheinbar Spaß, in sich zusammen zu fallen. Da er hier keine Angst haben muss, macht er es jetzt vor Freude."

Gilby guckte verblüfft auf den Knochenhaufen, der sich schon wieder bewegte und Teil für Teil zusammen klackte.

„Du da?", wiederholte Smurfel.

„Ja. Ich sagte dir doch, wir sehen uns wieder."

„Du hierbleiben. Du nett."

„Du hast aber viele Hühner hier", lenkte Gilby ab.

„Alles meine."

„Hast du ihnen Namen gegeben?"

„Brauch nicht."

„Guck mal das da", zeigte Gilby auf ein Huhn, welches sich vorsichtig wieder näherte. „Zu dem würde doch Dvalin passen." Gespannt schaute er auf das Skelettmännchen.

„Warum?"

„Ich denke nur, es wäre doch schön, wenn die Hühner Namen hätten."

„Egal. Alles Huhn."

„Aber ich gab dir doch auch einen Namen."

„Ja, du nett."

„Glaubst du nicht, deine Hühner fänden es auch nett, einen Namen zu bekommen?"

„Kann sein."

„Wollen wir uns dann mal Namen überlegen?"

„Ja, mach."

„Also das da Dvalin", wiederholte Gilby. „Oder lieber Ostri?" Gilby wusste, dass Dvalin auch Ostri genannt wurde, da Ivaldi ihn gen Osten schickte.

„Egal."

„Das da vielleicht Westri oder Alfrigg?"

„Gut."

„Und für das da wäre doch Ivaldi schön, oder?"

Smurfel hielt seinen skelettierten Zeigefinger an die Mundhöhle und überlegte.

„Waaarum?", gab er gedehnt von sich.

„Kennst du den Namen?", hakte Gilby nach.

„Ja, lang her."

„An was erinnert dich der Name Ivaldi?"

„Weiß nicht."

„Überlege, Smurfel. Du sagtest, du warst ein Kind. Wer waren deine Eltern?"

„Eltern?"

„Ja, Vater und Mutter."

„Hatte nicht."

„Aber natürlich. Alle haben Eltern. Ob Hühner, Kinder, Riesen, Zwerge."

„Zwerge?"

„Ja, auch Zwerge."

Smurfel überlegte erneut. „Du anstrengend."

„Tut mir leid. Aber es ist wichtig."

Hel fuhr dazwischen. „Du quälst ihn, merkst du das nicht? Er lebt hier glücklich und zufrieden."

„Nach dem Weltenbrand ist auch für ihn der Spaß vorbei", fauchte Gilby zurück. „Da muss er jetzt durch."

„Warum streiten?", fragte Smurfel. Seine Knochen klapperten bedrohlich.

„Fall jetzt nicht wieder zusammen, Smurfel", versuchte Gilby das Skelettmännchen zu beruhigen. „Wenn du hier weiter glücklich leben willst, musst du dich erinnern."

„An was?"

„An Ivaldi. Was sagt dir der Name?"

„Weiß nicht. Ich nicht Kind. Ich Zwerg", erinnerte sich Smurfel plötzlich und fiel auseinander.

Gilby legte seine Hände auf den Knochenhaufen. „Komm wieder zu dir. Du warst ein Zwerg. Ivaldi ist dein Vater."

Augenblicklich klackte Smurfel wieder zusammen. „Ich habe Vater?"

„Ja, hast du. Er lebt und liebt dich sehr."

„Will sehen."

„Dann musst du mit uns kommen."

„Ich hierbleiben. Vater herkommen."

„Das geht nicht. Dein Vater ist sehr alt."

„Schlecht."

„Du kommst wieder zurück zu deinen Hühnern."

„Du Hühner füttern", wies Smurfel Hel an.

„Ja, keine Sorge."

„Gut. Jetzt zu Vater."

„Hast du einen Beutel?", fragte Gilby.

„Ja. Hole." Emsig lief Smurfel zu seiner Hütte und kehrte mit einem Jutebeutel zurück. „Da."

Gilby nahm den Beutel entgegen und sagte: „Und jetzt darfst du auseinander fallen."

„Wieso?"

„Weil wir auf diesem Pferd zu deinem Vater fliegen und ich keine Lust habe, dass du unterwegs auseinander fällst."

Smurfel schaute besorgt zu Kargur hoch, der bestätigend wieherte und mit einem Vorderfuß schabte.

„Ja, besser", beschloss Smurfel und zerfiel.

Gilby sammelte Smurfels Knochen ein und verstaute sie im Beutel, den er sorgsam an seinem Gürtel befestigte.

„Können wir dann endlich?", fragte Loki ungeduldig.

„Wo ist eigentlich Fenris?", fiel Gilby plötzlich ein.

„Der strolcht irgendwo in meinem Reich herum", antwortete Hel. „Vielleicht ärgert er Garm. Warum fragst du?"

Gilby überlegte kurz. „Verträgt er Hitze?"

Hel und Loki guckten sich an und ahnten Fürchterliches.

„Sag mir nicht, du denkst, was ich denke?", zischte Loki.

„*Haha. Ich weiß was du vorhast*", mischte sich Kargur für die anderen unhörbar ein.

„Fenris könnte uns in Muspelheim hilfreich sein", bestätigte Gilby Lokis Befürchtung.

„Verfluchter Nordjunge", schimpfte der Feuergott. „Du musst wahnsinnig sein. Fenris ist mein Sohn, also kann auch ihm Feuer nichts anhaben. Nur einen Haken hat deine Idee. Wir bekommen ihn auf dem Pferd nicht mit."

„*Er unterschätzt mich*", maulte Kargur.

„*Du unterschätzt Fenris. Er ist mindestens so groß wie du.*"

Zu Loki sagte Gilby: „Wo ist dein Problem? Du könntest Fenris in eine Nuss verwandeln. So wie du es mit Lif und Lifthrasir vorhattest und sie mir in die Backentaschen packen wolltest. Die Nuss kommt dann zu Smurfel in den Beutel."

„Du bist irre und nie um eine Antwort verlegen", erkannte Loki kopfschüttelnd.

Gilby grinste stolz.

„Da habe ich wohl auch noch ein Wörtchen mitzureden", mischte sich Hel ein.

„Hast du nicht. Ich bin euer Vater", fertigte Loki die Totengöttin ab. „Rufe Fenris. Er wird uns wirklich sehr nützlich sein."

„Soll ich auch noch Jörmungand rufen? Vielleicht könnt ihr ihn auch noch gebrauchen", antwortete Hel zynisch.

„Sei nicht albern, Tochter. Jörmungand umschlingt im Meer Midgard und ist nicht in deinem Reich. Du kannst ihn nicht rufen."

Hel wandte sich beleidigt von Loki ab und Helhesten zu. „Hole Fenris her."

Das Totenpferd flog ungelenk los.

Kargur blickte ihm mitleidig nach. *Lass mich schlachten, sollte ich so werden. Ich glaube, der stürzt gleich ab.*

„Du wirst nicht so. Helhesten ist einmalig."

„Ach, klingt als bewunderst du diesen stinkenden Gaul, den nur noch seine Rippen zusammen halten."

„Er kann mehr, als nach was er aussieht."

„Was ist das?" Kargur wieherte.

Über das Feld jagte Fenris auf die Gruppe zu, getrieben von Helhesten. Ungestüm begrüßte der Wolf Gilby, der hintenüber fiel.

„Der ist ja riesig."

„Sag ich doch", dachte Gilby zurück, während er sich aufrappelte und seinerseits Fenris begrüßte.

„*Merkwürdige Freunde hast du*", drang Kargurs Gedanke eifersüchtig in Gilbys Kopf.

„*Liegt an dir, ob du auch dazu gehören willst.*"

„*Das muss ich mir reiflich überlegen.*"

Trotzig drehte sich Kargur um, zeigte Gilby sein Hinterteil und rupfte desinteressiert das Gras vom Boden.

Fenris begrüßte auch seinen Vater. „Schön, euch wiederzusehen. Aber es hat bestimmt einen Grund, dass ihr hier seid."

Kargur hob den Kopf. „*Sprechen kann er also auch.*"

„*Sei nicht neidisch. Wir beide haben doch ein besonderes Geheimnis*", beruhigte Gilby das Walkürenpferd.

Kargur antwortete nicht und kümmerte sich wieder um das Gras.

„Du sollst uns nach Muspelheim begleiten", erklärte Loki seinem Sohn. „Surts Feuerschwert muss vernichtet werden, um den Weltenbrand zu verhindern."

„Ein wagemutiges Vorhaben", raunte Fenris. „Aber wozu? Vor dem Weltenbrand tritt Ragnarök ein."

„*Was für ein Klugscheißer*", kommentierte Kargur.

Gilby raufte sich den Schopf. Fenris hatte Recht. Ragnarök und der Weltenbrand waren zwei Prophezeiungen. Ohne Ragnarök würde es keinen Weltenbrand geben. Darüber hatte er noch gar nicht nachgedacht.

„Wir wollen auch Ragnarök verhindern", sagte er zu Fenris. „Nur wissen wir nicht, ob es uns gelingt. Ragnarök wird nicht alles Leben auslöschen, aber der Weltenbrand. Wir brauchen dich in Muspelheim."

„Ich komme nicht mit", knurrte Fenris. „Die Götter werden mich auf dem Weg dorthin sehen und mich wieder fesseln."

„Du weißt, dass ich das nicht zulasse. Deswegen wird Loki dich in eine Nuss verwandeln und du kommst hier in meinen Beutel."

„Hihi", gluckste Kargur. „Aus einem stattlichen Wolf wird eine Nuss." Scheinbar teilnahmslos rupfte er weiter Gras.

Fenris blickte seinen Vater an. „Habt ihr das gemeinsam ausgeheckt?"

„Gilby hatte die Idee, gestehe ich zu meiner Schande. Aber es ist am sichersten. Außerdem wäre das Walkürenpferd wohl überlastet, dich in voller Größe zu transportieren."

„Arschloch!"

„Hoffentlich geschieht dir nichts und du verwandelst mich wieder zurück", wandte Fenris ängstlich ein.

Gilby unterließ es, seine fast missglückte Rückverwandlung zu erwähnen.

„Wird schon gutgehen." Loki streckte seine Hand aus und eine Nuss lag auf dem Boden. Er sammelte sie auf und gab sie Gilby, der sie in seinen Beutel legte. Darin kam sofort Bewegung auf. Eine skelettierte Hand streckte sich aus der Öffnung.

„Soll das?"

„Smurfel, leg dich wieder hin", mahnte Gilby. „Es ist nur eine Nuss. Wir brauchen sie."

„Na gut", klang es zurück und im Beutel kehrte wieder Ruhe ein.

Gilby verabschiedete sich von Hel.

„Vergiss deine Versprechen nicht", mahnte sie ihn.

„Werde ich nicht", antwortete er. „Kargur, wir können."

„Ich fresse noch, wie du siehst." Trotzig zupfte Kargur weiter am Gras herum.

„Wäre es nicht sinnvoll, das Pferd in einen Drachen oder sowas zu verwandeln?", fragte Gilby laut den Feuergott.

„Ich komm ja schon." Kargur drehte sich um und knickte die Vorderbeine ein.

„Wozu soll das gut sein?", fragte Loki.

„Vergiss es. Hat sich erledigt." Gilby stieg auf und Loki folgte.

„Zu Ivaldis Höhle", wies Gilby das Walkürenpferd an.

Kargur setzte seine kostbare Fracht zielsicher vor dem Felsspalt ab.

„Ich will mit."

„Klar. Damit du dir die Beine brichst und noch weniger hast als Helhesten."

Gilby und Loki verschwanden im Fels und wurden in der unterirdischen Schmiede bereits ungeduldig von Ivaldi erwartet.

„Wo ist Dvalin?"

Gilby öffnete seinen Beutel und schüttete die Knochen aus. Eine Nuss kullerte über den Boden. Gilby legte sie wieder in den Beutel. Er zeigte auf den Knochenhaufen.

„Das ist Smurfel – äh, Dvalin."

Der alte Zwerg zitterte und stützte sich auf seinem Ast ab. Gilby legte schnell seine Hände auf die Knochen.

„Smurfel, wir sind bei deinem Vater."

Die Knochen klackten zusammen. Das Skelettmännchen blickte sich panisch um und zitterte noch mehr als der Alte.

„Dvalin, mein Sohn", sprach Ivaldi berührt.

„Du Vater?", fragte Smurfel ehrfürchtig.

„Ja, ich bin dein Vater. Erkennst du mich nicht?"

„Weiß nicht. Lang her."

„Das stimmt. Schau, hier sind auch deine Brüder. Alfrigg, Berling und Grerr."

Smurfel inspizierte die drei Zwerge genau. Er ging auf Grerr zu.

„Dich kenne. Du mir Feder geklaut."

„Ja, das ist richtig", erinnerte sich Ivaldi. „Dvalin fand einst eine Hühnerfeder. Er hütete sie stets wie einen kostbaren Schatz. Grerr nahm sie ihm weg und warf sie in die Esse."

„Er hat wohl eine besondere Vorliebe für Hühner", kommentierte Gilby.

„Du gemein", schimpfte Smurfel seinen Bruder aus. „Aber nun hab richtige Hühner. Brauch nicht Feder." Dabei setzte er seinen Daumenknochen an die Mundhöhle und spreizte alle vier skelettierten Finger in Grerrs Richtung ab.

„Das ist Dvalin wie er leibt und lebt", freute sich Ivaldi.

Loki guckte spöttisch.

„…lebte", verbesserte sich Ivaldi. „Erkennst du mich denn gar nicht?"

Smurfel schüttelte nur seinen Schädel.

Der alte Zwerg tat Gilby leid. „Er erinnerte sich an deinen Namen. An dich wird er sich auch noch erinnern. Gib ihm Zeit."

„Die habe ich nicht." Der Alte wirkte bedrückt.

„Warum du traurig?"

„Ich bin nicht traurig. Ich bin glücklich, dich zu sehen, mein Sohn."

„Gut."

„Warum hast du keine Zeit?", forschte Gilby nach.

„Weil ich Dvalin wieder gehen lassen muss. Wir waren während eurer Abwesenheit nicht untätig und haben alles für Muspelheim vorbereitet. Nur Dvalin muss noch seine Aufgabe erfüllen."

Gilbys Augen leuchteten. „Was habt ihr vorbereitet?"

Ivaldi holte eine geschmiedete Kette, an welcher ein schmales längliches Gefäß befestigt war.

„Dieser Behälter enthält Tropfen, die dich in Muspelheim vor der Hitze schützen. Um sie herzustellen, schickte ich meine Söhne aus. Sie besorgten mir das Wimmern des Eises, den Geruch des Schnees und den Gesang des Raureifs. Es fehlt noch eine Zutat, die nur Dvalin liefern kann. Der Hauch des Todes."

„Das dürfte ihm ja nicht schwerfallen", spottete Loki und erntete griesgrämige Blicke.

„Wie muss er das machen?", fragte Gilby.

„Er muss sich erinnern, wie er starb und seine Reise in das Totenreich noch einmal durchleben."

„Puh", schnaufte Gilby. „Er erinnert sich, dass er ein Katze ersäufte, krank wurde und gestorben ist. Er weiß wohl auch, dass er im Slid war und die im Fluss strudelnden Schwerter seine Gliedmaßen abtrennten, die dann in den Gjöll gelangten und von der Riesin Modgud heraus gefischt wurden. Aber muss er das wirklich noch einmal durchleben?"

„Ohne Dvalins Hauch des Todes wirken die Tropfen nicht. Ich lasse ihn einschlafen und er wird träumen."

„Nicht wieder in Slid", wehrte Smurfel ab.

„Nicht in echt, Smurfel. Nur ein Traum und danach ist alles wieder gut", beruhigte Gilby ihn.

„Auch nicht Traum."

„Vielleicht träumst du ganz etwas anderes, weil es gar nicht so war", versuchte Gilby das Skelettmännchen zu überzeugen. „Es wäre für mich wirklich sehr wichtig."

Smurfel überlegte kurz. „Du nett. Ich mach."

Ivaldi versetzte seinen Sohn in tiefen Schlaf. Smurfel sank langsam zu Boden, fiel jedoch nicht auseinander. Der Alte öffnete das Gefäß mit den Tropfen und ließ es über den Schädel seines Sohnes kreisen. Kalter Dampf stieg aus dem Behälter und waberte in Smurfels Mundhöhle hinein. Das Skelettmännchen lag ganz still.

„Er träumt jetzt", sagte Ivaldi.

Ich bin so krank. Mein Vater hält mich ganz fest in seinen Armen. Er weint. Ich friere. Alles wird dunkel.

Ich gehe über eine Brücke aus wunderschönem Gold. Jetzt bin ich drüber. Eine Riesin packt mich an den Haaren und trägt mich fort. Es tut weh. Sie hält mich über einen Fluss. Er ist gelb und stinkt. Schwerter! Alles voll Schwerter! Ich schreie. Sie lässt meine Haare los. Ich falle hinein in diese stinkende Brühe.

Smurfels Knochen klapperten bedrohlich.

„Um Himmels Willen. Er fällt gleich auseinander", befürchtete Gilby.

„Es wird gleich vorbei sein", sagte Ivaldi.

Ein Kopf ist neben mir. Nur ein Kopf, der schreit. Ich hab so Angst und schreie auch. Schreie nur noch. Versuche den Schwertern auszuweichen. Es sind zu viele. Sie trennen mir einen Arm ab. Schmerzen, unerträgliche Schmerzen. Ich greife nach dem Arm. Doch die gelbe Brühe ist zäh. Kann mich kaum darin bewegen. Aber die Schwerter kommen. Bersten mich auseinander. Der andere Arm. Die Beine. Mein Kopf. Der Fluss holt meinen Kopf. Ich sehe nichts. Höre nur schmatzen. Mein Fleisch verätzt.

Smurfel zitterte so dermaßen, dass seine Knochen aneinander schlugen. Sichtbarer Atem verließ nach und nach seine Mundhöhle und fand den Weg zurück in das Gefäß. Smurfel wurde ruhiger.

„Der Hauch des Todes", stellte Ivaldi befriedigt fest und schloss den Behälter.

Langsam erhob sich Smurfel. „Ich nie wieder Slid. Nie wieder", sagte er mit Nachdruck.

Er schaute sich um und erblickte Ivaldi.

„Vater", rief er aus und fiel auseinander.

„Er hat dich erkannt und freut sich. Auch dann fällt er auseinander", erklärte Gilby.

Emsig setzte sich Smurfel sogleich wieder zusammen und griff nach Ivaldis Hand.

„Du Vater", stellte er fest. „Kenne."

Ivaldis alte Augen wurden feucht und Tränen kullerten über die von Falten zerfurchten Wangen.

„Warum weinen?"

Der alte Zwerg strich seinem Sohn über den Schädel. „Weil ich mich freue, dass du dich wieder an mich erinnerst."

„Du guter Vater."

Ivaldi reichte Gilby die Kette mit den magischen Tropfen. „Trage sie um deinen Hals und verwende die Tropfen sparsam. Sie wirken nicht so lange. Du gibst nur einen auf deine Zunge und wirst spüren, wenn die Wirkung nachlässt."

Gilby würde am liebsten gleich den Effekt ausprobieren. Doch er wollte den Alten nicht kränken und dessen Arbeit vertrauen.

„Danke, Ivaldi. Hast du auch etwas für Surt und das Feuerschwert vorbereitet?", fragte er.

Der alte Zwerg nickte, holte etwas und Gilby machte große Augen. Ivaldi hielt einen goldleuchtenden Stab mit einer Spitze und seitlichem geschwungenem Axtblatt in Händen. In dessen Fläche waren beidseitig Drudenfüße eingraviert.

„Diese Lanze habe ich geschmiedet. Sie ist mächtiger als Odins Speer Gungnir. Auch hierfür besorgten mir meine Söhne, was ich dafür brauchte. Das Begehren der Frauen, das Brennen der Sonne und die Flamme des Drachen. Ja, ja", sinnierte er. „Feuer bekämpft man mit Feuer. Ihr Name ist Dvalur."

Gilby sah dem Zwerg an, dass dieser sehr stolz auf sein Werk war und betrachtete ehrfürchtig die Waffe, welche wunderschön geschmiedet war, aber gleichzeitig ihre Gefährlichkeit erahnen ließ.

„Was muss Smurfel – äh, Dvalin – noch dafür machen?"

„Nichts. Dvalur ist fertig."

Gilby wunderte sich zunächst, streckte dann aber seine Hände aus, um die Waffe entgegen zu nehmen. Doch Ivaldi gab sie ihm nicht.

„Deswegen sagte ich, dass ich Dvalin wieder gehen lassen muss. Denn nur er kann Dvalur außer mir berühren und führen."

„Waaas?", riefen Gilby und Loki aus einem Mund.

„Smurfel kann doch nicht mit nach Muspelheim und gegen Surt kämpfen. Der fällt doch ständig vor Schiss auseinander. Und überhaupt, was für eine schwachsinnige Idee – ein Skelettmännchen gegen einen Feuerriesen! Warum hast du das so gemacht?", fragte Gilby kopfwuschelnd.

„Weil es so sein musste. Dvalin spielte mit dem Feuer, als er mir das Geräusch des Katzentritts besorgen sollte. Nach seinem Traum wird er jetzt seine Aufgabe ernst nehmen. Dvalin und Dvalur werden im Kampf gegen Surt eins sein."

„Das ist doch irre und funktioniert so nicht", schimpfte Loki. „Dvalin muss wieder in den Beutel, wenn wir nach Muspelheim reisen. Wer bitte, soll die Lanze halten, wenn nur der Knochenzwerg das kann?"

„Zürne nicht mit mir. Ich habe für alles vorgesorgt", sprach Ivaldi und tippte die Waffe an. Die Lanze schrumpfte zusammen und wurde so klein wie eine Tannennadel. „So wird sie wohl in den Beutel passen."

„Netter Inhalt. Ein paar Knochen, eine Nuss und eine Nadel. Ich bin der Feuergott und kann die Lanze bestimmt auch führen."

Ivaldi verwandelte die Lanze wieder in ihre ursprüngliche Größe und reichte sie Loki. Der Feuergott nahm sie entgegen und ließ sie mit einem Aufschrei fallen. Scheppernd fiel die Lanze auf den steinigen Boden. Die Anwesenden wichen entsetzt zurück. Tiefblaue Flammen züngelten aus der Waffe und griffen um sich. Die Drudenfüße aus dem Axtblatt lösten sich, flogen wie Geschosse durch die Schmiede und suchten nach einem Ziel.

„*Das dauert ja schon wieder ewig*", vernahm Gilby einen maulenden Gedanken.

„*Nicht jetzt*", erwiderte er, registrierte dabei aber kurz, dass die Gedankensprache mit dem Walkürenpferd anscheinend auch über einige Entfernung funktionierte.

Nur Ivaldi und Smurfel waren nicht zurück gewichen. Das Skelettmännchen bewegte sich auf die brennende Waffe zu, als würde sie ihn magisch anziehen. Er nahm sie auf, das Feuer erlosch und die Drudenfüße kehrten in das Axtblatt zurück.

„Meine", verkündete Smurfel und drehte seinen Schädel wichtig in die Runde.

Gilby bildete sich fast ein, den Kleinen breit grinsen zu sehen. Damit stand fest, dass Smurfel sie nach

Muspelheim begleiten würde. Nicht nur das. Innerhalb weniger Minuten war er sogar zum Anführer geworden.

„Kann denn Smurfel die Waffe auch verkleinern?", erkundigte sich Gilby.

Smurfel tippte die Lanze an. „Kann", freute er sich. Gilby hielt ihm den Beutel hin. „Dann gib sie hinein. Und jetzt du."

Das Skelettmännchen fiel auseinander und Gilby sammelte die Knochen ein.

„Dann können wir ja endlich." Loki bedankte sich bei Ivaldi und stapfte davon.

Gilby folgte. *„Wir kommen jetzt, Kargur."*

„Wird auch Zeit."

Muspelheim

Kargur landete in einer schwelenden Landschaft auf glühendem Gestein. Dunkler Rauch schwärzte den Himmel. Funkelnde Glut, feurige Berge in der Ferne und Lavaströme gaben der Feuerwelt ein glutrotes Leuchten.

Gilby war heiß. Schnell öffnete er den Behälter und gab einen Tropfen der Flüssigkeit auf seine Zunge.

Das Elixier wirkte sofort. Kühle kroch durch seinen Körper.

„Lass mich runter", befahl er Kargur.

„Kannst du nicht abspringen?", lästerte das Pferd.

„Vielleicht möchte ich erst feststellen, ob ich mir die Füße verbrenne."

„Na gut."

Vorsichtig setzte Gilby einen Fuß auf den glühenden Boden. Die Glut machte dem Jungen nichts aus.

„Haha, du siehst lustig aus. Ganz blau im Gesicht."

Gilby schaute an sich herab. Tatsächlich war sein Körper von blauer Haut überzogen. Auch Loki lachte spöttisch.

„Hol die Nuss raus."

Gilby suchte zwischen den Knochen nach der Nuss und legte sie auf den Boden. Bevor sie von der Glut zerschmelzen würde, verwandelte der Feuergott Fenris schnell zurück. Der Wolf begrüßte seinen Vater und Gilby.

„Jetzt das Knochenskelett", befahl Loki.

„Soll er sich hier schon zusammensetzten?", zweifelte Gilby.

„Dann kann er sich schon mal an die Umgebung gewöhnen. Außerdem werden wir Feuerwesen begegnen. Kann er gleich seine Zauberwaffe testen."

Gilby legte die Knochen vorsichtshalber auf Kargurs Rücken. Das Pferd lag seelenruhig auf der Glut wie auf einer saftigen Wiese.

„Wir sind in Muspelheim, Smurfel", sprach Gilby die Knochen an.

Sofort setzte sich das Skelettmännchen zusammen und schaute sich neugierig um.

„Alles rot", stellte es fest. „Gib Dvalur."

Gilby fischte nach der Nadel. Smurfel grabschte mit seinen Knochenfingern danach und tippte sie an. Stolz hielt er die Lanze.

Loki und Fenris waren verschwunden. Stattdessen befanden sich zwei Drachen an deren Stelle.

„Loki? Fenris?", fragte Gilby verdutzt.

„Wer sonst", knarrte der Drache mit den blaugrünen Schuppen. „Du dachtest doch nicht, dass wir alle auf dem widerborstigen Gaul durchs Feuerreich fliegen."

„Nennt er mich noch einmal Gaul, zertrete ich ihn."

„Gib Ruhe, Kargur. Du bist doch froh, ihn nicht tragen zu müssen."

„Stimmt auch wieder."

„Du solltest trotzdem versuchen, mit ihm auszukommen. Wir müssen hier alle zusammenhalten."

„Sag dem das."

Der andere Drache fügte sich mit seinen leuchtend roten Schuppen in die Welt des Feuerreichs ein.

„Du siehst als Drache auch schön aus", lobte Gilby den Wolf.

„Ja, mein Vater meint es immer gut mit mir."

Loki entfaltete seine Flügel. „Lass uns los."

Mit dem Walkürenpferd zwischen sich flogen sie über die Feuerwelt. Das Skelettmännchen stand stolz und mutig auf dem Pferderücken und hielt Dvalur in seinen skelettierten Händen. Nichts deutete darauf hin, dass er je wieder auseinander fallen würde. Gilby saß hinter ihm und wunderte sich über diese Wandlung. Als habe die Waffe Smurfel verzaubert.

Gut gekühlt bestaunte er die Feuerwelt. Magma schoss aus den Vulkanen in den rauchschwarzen Himmel und betupfte diesen mit roten Feuerbällen, die glühende Schweife in die Schwärze malten, um sich schließlich am Boden in ausgedehnten Lavaströmen zu vereinen. Kein Leben schien in der kargen Landschaft zu existieren. Ab und zu ragten verkohlte Baumstämme in den Himmel, die darauf hindeuteten, dass es vor vielen Monden Bewuchs gab, bevor die Feuerriesen diese Welt ihr Eigen nannten.

„Weißt du eigentlich, wo wir hinmüssen?", fragte Gilby den neben sich fliegenden Drachen.

„Surts Festung soll in der Mitte Muspelheims liegen. Wir fliegen einfach ins Landesinnere."

„Warum fragst du mich nicht?", maulte Kargur.

„Oh, entschuldige. Ich hatte kurz vergessen, dass du alle Wege kennst."

„Ist dir ja wieder eingefallen. Ich werde schon achtgeben, dass unsere komischen Begleiter uns nicht in die Irre führen."

Mit diesem Gedanken setzte sich Kargur von den beiden Drachen ab.

„Was macht der?", rief Loki hinterher.

„Er kennt den Weg."

„Schön für ihn, aber er sollte wieder zwischen uns fliegen. Sieh mal nach vorne."

Im Gegenlicht der glühenden Feuerbälle und Schweife zeichneten sich schwarze Silhouetten fliegender Ungeheuer ab.

„Was ist das?" Erschreckt sah Gilby den Schwarm näher kommen.

„Die Drachen des Feuerreichs. Dein Gaul soll zurück bleiben."

„Bleib zwischen den Drachen", befahl Gilby und war verdutzt, dass Kargur ohne Widerworte gehorchte.

Loki und Fenris flogen dicht über das Pferd und verdeckten es mit ihren Schwingen.

„Seh nichts", beschwerte sich Smurfel.

„Er soll still sein und du auch. Deine Drachenfreunde erregen kein Aufsehen. Aber ich. Noch nie hat sich ein Walkürenpferd hierher verirrt."

„*Meine Freunde sind also gar nicht so übel, was?*",
dachte Gilby zurück.
„*Ich will dich und dieses Knochengestell zu Surt führen. Dafür muss ich Opfer bringen.*"

Der Schwarm kümmerte sich nicht um die beiden
Drachen, flog über sie hinweg und entfernte sich.
Von da an blieb Kargur zwischen Loki und Fenris,
bestimmte jedoch die Richtung.

„Ich Dvalur ausprobieren", verkündete Smurfel
ungeduldig.

„Da wirst du schon noch zu kommen", antwortete
Gilby. „Mir wird warm. Ich glaube, die Wirkung der
Eistropfen lässt nach."

„Du siehst auch gar nicht mehr blau aus", stellte
Loki mit einem Seitenblick fest.

„*Ich flieg ganz ruhig. Nimm wieder einen Tropfen.*"

Gilby öffnete vorsichtig den Behälter und wollte
sich gerade einen Tropfen auf die Zunge geben, als
Kargur leicht nach unten sackte.

„*Spinnst du? Was soll das?*"

„*Haha… hab nur Spaß gemacht. Du kannst jetzt.*"

Gilby nahm einen Tropfen und spürte sogleich die
Kühle durch seinen Körper fließen.

Das Walkürenpferd hielt auf einen gewaltigen Felsen zu, welcher feuerrot von innen heraus leuchtete.
Von außen lief Lava in einen blubbernden Feuersee
hinab.

„Surts Festung."

„Surts Festung", wiederholte Gilby für die anderen hörbar. Er bekam es mit der Angst zu tun. Der Anblick wirkte nicht nur unheimlich, sondern auch gefährlich. „Wie verhalten wir uns dort?"

„Zum Feuerriesen wollen, aber keinen Plan haben", raunte Loki.

„Ich doch da", gab Smurfel furchtlos von sich.

Kargur wieherte laut.

„Ja, ihr seid beide da. Und Loki und Fenris auch", antwortete Gilby mehr zu seiner eigenen Beruhigung.

„Haha... du glaubst, die beiden können was ausrichten?" Kargur schüttelte wild seine Mähne, als würde er sich kaputt lachen.

„Ist ja schon gut. Du und Smurfel werden alles erledigen."

„So will ich dich hören, kleiner Freund."

Gilby wünschte sich auch so viel Zuversicht wie seine beiden Gefährten. Aber sie hatten ja leicht reden. Smurfel war schon tot und Kargur – ja, das konnte er immer noch nicht einordnen. Das Pferd wirkte äußerst lebendig und doch sollte es nur ein Geistwesen sein. Jedenfalls schien es keine Furcht zu kennen. Und Smurfel hatte seine ewige Angst offensichtlich abgelegt.

Die Festung war zu beiden Seiten in Felsmassive eingebettet. Auch hier dominierten Lavaströme das Bild. Als sie näher kamen, stellte Gilby Bewegung fest. Ihm stockte der Atem. Feuergiganten drehten ihre Runden. Sie hatten Köpfe, Arme und Beine und aus allen Gliedmaßen züngelte es.

„*Muspels Söhne*", klärte Kargur auf.

„Das müssen Muspels Söhne sein", stellte Loki fest. „Du solltest mit dem Gaul hierbleiben. Ich nehme das Knochengerüst mit."

Kargur setzte sich vor den Drachen und schlug im Flug nach hinten aus. Loki knurrte wütend, als die Hufe sein Maul trafen.

„*Ich wusste es doch. Mit dem Idioten kann man sich nicht anfreunden.*"

„*Loki hat Recht*", erwiderte Gilby. „*Du bist zu auffällig. Und ich kann dort sowieso nichts ausrichten.*"

„*Schiss hast du. Ich werde nicht hier warten und mir den Spaß entgehen lassen. Ich will endlich allen zeigen, was ich kann.*"

„*Wir warten hier*", befahl Gilby.

„*Wie du meinst*", antwortete Kargur, drehte um und flog mit Gilby und Smurfel zurück.

„Was machst du?", rief Gilby. „Dreh sofort wieder um."

„Macht Pferd?", fragte Smurfel entrüstet.

Kargur reagierte nicht und flog trotzig weiter.

„Ist ja schon gut. Du hast gewonnen. Wir fliegen gemeinsam zu den Feuerriesen."

Kargur drehte um. *„Warum muss man dich immer erst nötigen?"*

„Weil ich noch nicht begriffen habe, dass du ein Trotzpferd bist."

„Dann jetzt wohl endlich."

„Pferd komisch", verkündete Smurfel.

„Was ist nun?", fragte Loki, als Kargur sich wieder zu den Drachen gesellte.

„Wir fliegen mit."

„Das ist nicht dein Ernst. So ein Leichtsinn. Dann lass dich von den Feuerriesen packen", schimpfte Loki.

„Wir werden sehen." Wohl war Gilby auch nicht zumute. Aber Kargur ließ ihm keine Wahl. Außerdem kannte er die Fähigkeiten des Pferdes tatsächlich nicht. Sollte er seine Chance bekommen, sich zu beweisen.

Sie flogen direkt auf die Feuerfelsen zu. Die Riesen wurden aufmerksam und unruhig.

„Ist Surt auch zu sehen?", fragte Gilby.

„Nein, es sind nur Muspels Söhne, die ihren Meister bewachen. Surt thront in seiner Festung."

„Wie kommen wir da rein?"

„Vielleicht kommt er ja raus", hoffte Loki.

Die Feuerriesen griffen mit ihren Armen nach Kargur, als dieser sich direkt über ihnen befand. Einige hatten brennende Keulen, groß wie Bäume. Das Pferd schoss sofort in die Höhe, während Fenris im Flug den Arm des Riesen abbiss. Der Gigant brüllte auf und sah entsetzt seinem Arm nach, der in die blubbernde Lava fiel. Gilby hoffte angesichts der brodelnden Masse, nicht vom Pferd zu fallen. Aber nach wie vor fühlte er sich auf dessen Rücken wie angeklebt.

„Du fällst nicht runter", registrierte er Kargurs Gedanke. *„Ich pass auf dich auf, kleiner Freund."*

„Das scheint ja einfacher als gedacht", fand Loki und schoss mit weit geöffnetem Rachen auf den Kopf eines Riesen zu.

„Will auch", beschloss Smurfel und warf seine Lanze. Im Flug lösten sich die Drudenfüße aus dem Axtblatt und schossen auf zwei Riesen zu. Die Feuerdämonen lösten sich schreiend auf und flossen als Lava in den Feuersee.

Die Lanze durchbohrte einen Riesen. Er brüllte auf, als tiefblaue Flammen aus seinem Körper züngelten. Zischend floss das, was vom Riesen übrig blieb, in den Lavasee. Dvalur suchte sich selbstständig das nächste Opfer. Die Drudenfüße schossen unermüdlich auf die Dämonen und vernichteten einen nach dem anderen.

„Dvalur gut", stellte Smurfel sachlich fest.

Die Drachen bissen den Giganten Gliedmaßen ab. Kargur wich den nach ihm greifenden Armen und schwingenden Keulen geschickt aus. Er konnte nicht wiederstehen, ab und zu nach einem Kopf der Riesen zu treten.

„Haha, das macht Spaß."

Die Gegend glich einem Hexenkessel. Die Luft war erfüllt von Brüllen, Schreien, Zischen und Brodeln. Gilbys Magen rebellierte auf dem wild umher fliegenden Pferd. Jedes Mal, wenn es ausschlug, jagte eine Erschütterung durch seinen Körper. Erbrochenes platschte in die Lava.

„Igitt", kommentierte Kargur.

Plötzlich brach der Fels in seiner Mitte krachend auseinander. Lodernde Flammen traten aus dem Spalt und griffen um sich. In dem Feuer zeichnete sich etwas ab, dessen Ausmaße Gilby sich in seinen kühnsten Träumen nicht hatte vorstellen können. Aus dem Spalt trat ein Wesen, zehnmal größer als die Feuerriesen. Ein Gigant, der alles überragte. In seiner Hand hielt er ein brennendes Schwert, größer als fünf Schiffsmasten übereinander. Vor Wut brüllend schaute der Gigant mit glühenden Augen über das Schlachtfeld.

„Es geht los", freute sich Kargur. *„Darf ich vorstellen: Surt mit seinem Feuerschwert Surtalogi. Sag deinem Knochenmenschen, er soll sich seine Lanze zurückholen."* Gilby brachte vor Entsetzen weder Wort noch Gedanke heraus.

„Wach auf, kleiner Freund. Wir wollen ihm das Handwerk legen. Uiih… das wird ein Spaß. Vermassel mir das nicht." Kargur kreiste seelenruhig in sicherer Höhe über Surt, der immer noch fassungslos um sich schaute. Einer der Söhne Muspels verbeugte sich entschuldigend vor seinem Meister, was ihm sofort mit einem köpfenden Hieb von Surtalogi gedankt wurde.

„Wie praktisch", feixte Kargur und wieherte.

Gilby fand seine Fassung wieder. „Smurfel, hol dir Dvalur zurück."

„Jetzt richtige Aufgabe", stellte Smurfel begeistert fest und streckte seinen Knochenarm aus. Die Lanze kehrte in seine skelettierte Hand zurück und die Drudenfüße in das Axtblatt.

„Werde nicht übermütig", warnte Gilby.

„Langweiler", funkte Kargur dazwischen und hielt auf Surt zu.

„Bist du verrückt. So geht das nicht." Gilbys Aufschrei wurde sowohl von Kargur als auch von Smurfel ignoriert.

Surt hieb mit seinem Feuerschwert nach Kargur. Doch das Walkürenpferd war so schnell und wendig, dass es nicht getroffen wurde. Mal flog es unter Surtalogi durch, mal über ihn hinweg. Dabei umkreiste es den Giganten, dessen behäbiger Körper den Bewegungen des Pferdes nicht folgen konnte. Sogar zwischen Surts Beinen flog Kargur hindurch. Gilby wurde erneut schlecht.

Smurfel warf seine Lanze auf Surt. Die Drudenfüße schossen auf den Riesen zu, der sie jedoch mit einem Schlag durch Surtalogi zerstörte.

„Nicht gut", kommentierte das Skelettmännchen.

Dvalur bohrte sich mit seiner Spitze und dem Axtblatt in den Körper des Feuerriesen. Surt brüllte auf, als blaue Flammen aus seinem Leib schossen. Er griff nach der Lanze und grölte, dass die Feuerberge bebten.

Die Drachen versuchten ebenfalls, zu attackieren. Doch sie boten eine zu große Angriffsfläche und waren nicht wendig genug, um dem Feuerschwert auszuweichen.

Brüllend vor Schmerz versuchte Surt, die Lanze aus seinem Leib zu ziehen. Dvalur entwickelte ein Eigenleben und schob sich immer wieder zurück. Aber Surt gab nicht auf.

„Mach was", rief Gilby Smurfel zu. „Wenn er die Lanze zu packen kriegt, wirft er sie in die Lava."

Smurfel streckte seinen Arm aus. Die Lanze löste sich aus Surt. Der fasste nach, aber Dvalur schoss in Smurfels Hand zurück. Zufrieden stellte er fest, dass die Drudenfüße ihren Platz im Axtblatt wieder eingenommen hatten. Surt tobte wutschnaubend. Kargur und die Drachen umflogen den Feuerriesen, der mit seinem Flammenschwert um sich schlug. Die noch verbliebenen Söhne Muspels standen fassungslos mit offenen Mäulern um den Schauplatz herum.

„So kommen wir nicht weiter", nahm Gilby Kargurs Gedanken auf. *„Du musst von mir runter. Steig auf einen von den Fledermäusen um."*

„Wie bitte? Wie soll das gehen, wenn du hin und her, rauf und runter fliegst wie ein nervöser Brummer?"

„Sag erstmal den Flatterviechern Bescheid. Das Umsteigen werde ich dir schon ermöglichen."

„Was hast du vor? Und was ist mit Smurfel?"

„Der bleibt bei mir. Euch brauchen wir nicht."

Gilby hatte keinen blassen Schimmer, was Kargur plante, tat aber, wie ihm geheißen. „Loki! Fenris! Ich muss auf einen von euch rauf."

„Sagt wer?", fragte Loki misstrauisch.

„Ich. Mir ist schlecht auf dem Gaul."

„Hast du mich eben Gaul genannt?"

„Loki ist misstrauisch. Er soll doch von unserem Geheimnis nichts wissen", rechtfertigte sich Gilby.

„Na gut. Lass ich mal gelten, kleiner Freund."

„Ich nehme dich", beschloss Fenris und entfernte sich von Surt.

Kargur folgte. Surt guckte irritiert hinterher, während Loki ihn mit Attacken ablenkte.

„Wie machen wir das jetzt?" Gilby schien es unmöglich, im Flug von dem Pferd auf den Drachen umzusteigen.

„Ist doch einfach. Du springst auf meinen ausgestreckten Flügel."

„*Die Fledermaus hat Grips*", dachte Kargur und begab sich über Fenris Schwingen. „*So, runter mit dir.*"

Gilby blickte skeptisch auf den Flügel unter sich.

„*Dauert das noch lange? Spring endlich. Sonst werfe ich dich ab.*"

Gilby umfasste Kargurs Hals, hob ein Bein über den Pferderücken und blieb baumelnd hängen.

„*Ist nicht wahr! Na warte, dir helfe ich auf den Sprung.*" Kargur bockte wild, Gilby schleuderte herum und Smurfels Knochen klapperten.

„Was du machen?", fragte Smurfel und tippte Gilbys Hand mit Dvalur an.

Eine blaue Flamme erfasste Gilby, der mit einem Schrei den Pferdehals los ließ. Fenris Schwinge fing den Jungen sicher auf. Gilby blickte hoch und Smurfel auf ihn hinab.

„Wollte nicht wehtun," entschuldigte sich das Skelettmännchen.

Fenris sagte: „Du musst auf meinen Rücken. So kann ich nicht fliegen oder du fällst runter."

Gilby robbte sich den ledernden Flügel entlang und krabbelte auf den Drachen.

„Nun los", hörte er Smurfel zu Kargur sagen, der freudig wieherte.

„Ihr bleibt, wo ihr seid und schaut zu. Viel Spaß. Das wird lustig."

Damit nahm das Walkürenpferd Kurs auf Surt. Smurfel stand stolz erhobenen Schädels auf dessen Rücken und hielt wichtig die Lanze nach vorne. Surt richtete sein Feuerschwert, aus dem wild rote Flammen zuckten, gegen die Angreifer. Kargur hielt direkt auf Surt zu. Wie schon zuvor, wich er den Hieben des Schwertes geschickt aus. Gilby beobachtete das Spektakel und war erstaunt, wie wendig und schnell das Pferd war. Immer wieder tauchte es unter der lodernden Klinge hindurch, flog darüber hinweg oder wich seitlich aus. Dabei schien es Gilby, als suche Kargur eine bestimmte Position für sein Vorhaben.

Plötzlich rief Smurfel: „Jetzt!"

Kargur hatte sich bei seinen Ausweichmanövern fast unmerklich immer weiter dem Feuerriesen genähert. Mit Smurfel schoss er in dessen Leib hinein. Surt brüllte auf, Gilby stockte der Atem. Innerhalb Surts rotem Feuerkörper waberten blaue Drudenfüße, aus dem Giganten züngelten blaue Flammen. Gilby riss fassungslos die Augen auf. In Surts Leib tobte Kargur, der durch alle Gliedmaßen schoss, während Smurfel mit seiner Lanze alles durchbohrte.

Gilby hielt sich die Ohren zu. Surt brüllte so laut, dass die Feuerberge zitterten und glühendes Gestein abwarfen.

Dann löste sich der Feuerriese auf. Surtalogi schepperte den Fels hinab und versank im Lavasee. Letzte Flammen züngelten auf der brodelnden Oberfläche.

Von Surt blieb ein blauer Lavastrom übrig, der sich der glutroten Masse entgegen wälzte und schmatzend darin versank.

Mit stolz geschwellter Brust und laut wiehernd galoppierte Kargur den Drachen entgegen. Smurfel stand aufrecht auf dem Pferderücken und hielt Dvalur mit ausgestrecktem Arm hoch.

„Wir gut gemacht", stellte er fest.

„Na, kleiner Freund, was sagst du jetzt?"

Gilby war sprachlos. Er konnte nicht glauben, was eben geschehen war.

„Habt ihr eben Surt vernichtet?", stammelte er.

„Siehst du ihn noch irgendwo?"

Langsam kam Gilby wieder zu sich. „Das war unglaublich. Oder? Was sagt ihr?", fragte er die Drachen.

„Wir haben das Pferd wohl unterschätzt", räumte Loki ein. „Und das Knochenmännchen auch."

Fenris pflichtete ihm bei: „Gemeinsam waren sie stark. Aber ohne die Lanze hätten sie es nicht geschafft."

„Hat Vater gemacht", erklärte Smurfel stolz.

„Aber du hattest den Mut, sie zu führen und bist nicht auseinander gefallen. Diesmal hast du deine Aufgabe ernst genommen, wie Ivaldi es sagte", lobte Gilby.

„Du nett. Vater auch." Smurfel strich mit seinen skelettierten Fingern andächtig über die Lanze, als wolle er sie streicheln. „Und Dvalur", ergänzte er.

„Hast du nicht jemanden vergessen, Smurfel?" Gilby befürchtete, dass Kargur trotzig werden könnte, wenn er sich vernachlässigt fühlte.

„Pferd nicht vergessen. Pferd weiß."

Haha… es gibt Wesen, die sich ohne Worte verstehen. Aber da wisst ihr Menschen nichts von.

„Was hast du eigentlich bei der Aktion vollbracht?", fragt Loki neckisch.

„Gekotzt", antwortete Gilby. „So viel habt ihr auch nicht beigetragen." Dann wurde er sich des Erfolgs bewusst. „Es ist vollkommen egal, wer was oder wieviel getan hat. Wir haben es geschafft. Wir haben Surt und sein Feuerschwert vernichtet. Der Weltenbrand kann nicht mehr kommen. Ich kann es fast nicht glauben." Gilby war außer sich und diesmal wuschelte er sich seinen Schopf vor Freude.

„Das Feuerschwert ist nicht vernichtet, sondern nur im Lavasee versunken", erinnerte Loki.

Gilby bemerkte erst jetzt die ratlos herum stehenden Söhne Muspels. Die Fassungslosigkeit stand ihnen in ihren Feuerfratzen geschrieben. Nur noch ein Glimmen entkam ihren Leibern.

„Was machen wir mit denen?", fragte Gilby. „Glaubst du, sie holen das Feuerschwert heraus?"

Loki winkte ab. „Unwahrscheinlich. Sie sind zu klein, um Surtalogi zu führen. Ohne ihren Meister werden sie nichts mehr anstellen. Guck doch, wie sie wie dumme Tröpfe herum hängen. Lassen wir sie und verschwinden hier."

„Umsteigen", befahl Kargur.

„Lass mal. Ich bleib auf Fenris."

„Wie du meinst. Merk ich mir."

„Beruhig dich. Darfst uns nachher wieder alle tragen."

Kargur wieherte missmutig. „Mal sehen. Vielleicht werfe ich dich mit deinem Beutel ab."

„Wirst du nicht. Im Beutel wird schließlich auch Smurfel sein, mit dem du dich ohne Worte so gut verstehst."

„Mir wird schon was einfallen."

So überflogen ein Walkürenpferd mit einem Skelettmännchen und zwei Drachen die Feuerwelt, bis sie deren Ende erreichten und auf dem glühenden Boden landeten.

Gilby rutschte vom Drachen herunter. „Au", schrie er. „Die Tropfen lassen nach. Ich will aber nicht erst noch einen nehmen. Kargur, lass mich aufsteigen."

Das Pferd reagierte nicht. *„Haha... die Gelegenheit kam schneller als ich dachte."*

Loki verwandelte sich zurück, packte Gilby und hievte ihn auf das Pferd.

„Pass auf, dass ich meine neu gewonnene Achtung vor dir nicht gleich wieder verliere", rügte er.

Danach verwandelte er Fenris direkt in eine Nuss, die er Gilby übergab. Er legte sie in seinen Beutel und forderte Smurfel auf: „Jetzt du."

„Wo mich hinbringen?"

„Wo möchtest du denn hin? Zu Ivaldi oder zu deinen Hühnern?"

„Erst Vater. Dann Hühner."

„Toll. Und ich kann wieder vor der Höhle warten."

„Du wirst es überleben."

„Du vielleicht aber nicht."

Zurück

Das Walkürenpferd beförderte seine Fracht erneut direkt vor den Eingang zu Ivaldis Höhle. In der Schmiede setzte Smurfel sich sofort zusammen, umfasste den alten Zwerg mit seinen Knochenarmen und drückte seinen Schädel an dessen Brust.

„Ich Surt tot gemacht. Du Dvalur gut gemacht", lobte er sich selbst und seines Vaters Werk.

„Ich bin so stolz auf dich, mein Sohn", sagte der Alte. „Wirst du jetzt bei mir und deinen Brüdern bleiben? Hier in unserer Schmiede, in der du aufgewachsen bist?"

Smurfel schüttelte den Schädel. „Lang her. Zurück zu Hühnern."

„Ich habe damit gerechnet, Dvalin", sprach Ivaldi. „Aber du hast mir große Freude bereitet und es ist schön, dass es dir bei deinen Hühnern gut geht."

„Du nett. Vielleicht mal wiedersehen."

„Ja, vielleicht." Ivaldi strich Dvalin noch einmal über den Schädel.

Smurfel fiel auseinander und Gilby sammelte die Knochen in den Beutel. Der alte Zwerg tat ihm etwas leid, aber er hatte seinen Sohn wiedergesehen und wusste jetzt um dessen Verbleib. Hauptsächlich aber war Gilby erleichtert, konnte er doch sein Versprechen gegenüber Hel halten und ihr Smurfel zurück bringen.

„Das ging aber diesmal schnell", dachte Kargur zufrieden, als Loki und Gilby aus dem Felsspalt traten.

„Dein Motzen ist manchmal wirklich überflüssig, wie du siehst."

„Aber auch nur manchmal. Wohin jetzt?"

Laut sagte Gilby: „Bringe uns nach Hel zu Smurfels Hühnern."

„Sehr gerne, kleiner Freund."

„Lande nicht wieder inmitten der Hühnerschar", befahl Gilby, als Kargur sich Smurfels Hütte näherte.

„Warum nicht? Das war lustig."

Doch ausnahmsweise gehorsam landete Kargur in einiger Entfernung vor den Hühnern und begnügte sich mit lautem Wiehern. Die Glucken hörten auf zu picken und blickten gackernd hoch. Langsam näherte sich Kargur dem Federvieh.

„Du kannst ja wirklich sehr rücksichtsvoll und gehorsam sein. Diese Seite von dir kenne ich noch gar nicht", lobte Gilby.

„Du kennst mich überhaupt nicht." Nach diesem Gedanken sprang Kargur mit einem Satz in die nach allen Seiten flüchtende und gackernd schimpfende Hühnerschar.

„*Verflixter Gaul*", nörgelte Gilby.

„*Haha… den Spaß lasse ich mir doch nicht nehmen.*

Und den Gaul merke ich mir."

„*Schon klar.*"

Gilby und Loki sprangen vom Pferd. Gilby holte die Knochen und die Nuss aus seinem Beutel.

„Du bist zu Hause, Smurfel", sprach er die Knochen an, welche sofort ineinander klackten.

„Hühner", rief Smurfel begeistert aus. Mit nickenden Köpfen rannte das Federvieh gackernd auf das Skelettmännchen zu und pickten ihm in die knöchernen Zehen.

Loki verwandelte die Nuss. Statt ihrer befand sich nun ein gewaltiger Drache zwischen den Hühnern, die erneut kreischend auseinander stoben.

„Machst du?", schimpfte Smurfel.

Auch Fenris rüffelte Loki an: „Du hast mich als Drache direkt in eine Nuss verwandelt."

„Ach so. Wenn's weiter nichts ist." Loki hob die Hand und endlich befand Fenris sich wieder in seinem Wolfskörper.

„Ich hol denn mal meine Tochter", beschloss der Feuergott und schoss wie ein Pfeil davon.

Gilby staunte. „Wie macht er das denn?"

„Er hat schnelle Laufschuhe", antwortete Fenris. „Wusstest du das nicht? Damit ist er schnell wie der Blitz."

90

Gilby schien es, als wüsste er eine ganze Menge noch nicht.

Kaum war Loki weg, kehrte er auch schon wieder zurück, gefolgt von Helhesten mit der Totengöttin. *„Nicht schon wieder dieses Stinkepferd"*, maulte Kargur, drehte sich um und ließ dampfende Pferdeäpfel aus seinem Hinterteil plumpsen.

Gilby hielt sich die Nase zu. *„Was aus dir rauskommt, riecht auch nicht besser."*

„Was der kann, kann ich schon lange."

Hel schwang sich von ihrem Totenpferd.

„Du bist ja schon wieder hier", begrüßte sie Gilby schief grinsend.

„Ich musste dir schließlich wie versprochen Smurfel zurück bringen."

„Sehr gut", lobte Hel. „Wie war's in Muspelheim?"

„Ich Surt tot gemacht", erklärte Smurfel wichtig.

Hel schaute fragend in die Runde.

„Es stimmt", bestätigte Loki. „Ivaldi fertigte eine magische Waffe, die nur Smurfel führen konnte. Damit hat er Surt vernichtet."

„Und Surtalogi?", hakte Hel nach.

„Im Lavasee versunken."

„Dann wird es den Weltenbrand nicht mehr geben", folgerte die Totengöttin.

„Das ist wieder typisch. Von mir redet niemand. Die Helden sind immer die anderen." Demonstrativ ließ Kargur noch einige Pferdeäpfel fallen.

Hel rümpfte die Nase. „Was hat der denn gefressen?"

„Schlechte Laune", antwortete Gilby. „Er ist etwas sensibel und fühlt sich vernachlässigt. Ohne Kargur hätte Smurfel es nicht geschafft. Das Pferd ist mit Smurfel einfach in den Feuerriesen hinein geritten."

„Nun, dann hat es eine Belohnung verdient", fand Hel und streichelte Kargurs Nüstern. „Hättest du Lust auf einen Korb frischer Äpfel?"

Kargur wieherte zustimmend und stupste die Totengöttin an. *„Endlich weiß mal jemand mit mir umzugehen, wie es sich gehört."*

Während Hel die Äpfel holte, nahm Gilby Loki beiseite.

„Wir müssen es ihr sagen."

„Was?"

„Dass Smurfel an Gleipnir beteiligt war."

„Keine gute Idee."

„Ich hab Angst um Smurfel. Jetzt, wo er sich erinnert, könnte er ihr das erzählen. Und dann möchte ich nicht in seiner Haut, äh, in seinen Knochen stecken. Außerdem würde sie dann auch wissen, dass wir es ihr verschwiegen haben."

„Hmmm…", überlegte Loki. „Du könntest Recht haben. Sagen wir es ihr und hoffen auf ihre Gerechtigkeit."

Während Kargur genüsslich die gereichten Äpfel fraß, erzählte Gilby der Hel die Geschichte von Dvalin. „Bitte verzeihe ihm, dass er das Geräusch des Katzenschritts für Gleipnir lieferte", schloss er.

Hel blickte still zu Smurfel, der inmitten seiner Hühner hockte und eines nach dem anderen streichelte. Gilby wartete ängstlich auf eine Reaktion.

Endlich sprach sie: „Er handelte nicht aus eigenem Interesse, sondern auf Geheiß seines Vaters und bezahlte mit seinem Leben. Es gibt nichts zu verzeihen. Aber ich danke dir für die Wahrheit."

Gilby war unendlich erleichtert und konnte nicht anders, als Hel zu umarmen. Sie war wirklich eine gerechte Göttin, wenn man ihr ehrlich begegnete.

Auch Loki klopfte seiner Tochter anerkennend auf den Rücken.

„Wie geht's jetzt weiter?", fragte er Gilby.

„Ich möchte erstmal zu meiner Mutter und sehen, ob im Norden Midgards immer noch Winter ist. Und ich muss Odin berichten, dass Surt vernichtet wurde. Was ist eigentlich mit Kargur? Kann das Pferd noch bei mir bleiben?"

„*Was fragst du den? Frag mich, ob ich das überhaupt will.*"

Auf Gilbys Frage antwortete Loki: „Es ist der einfachste Weg für dich, zu reisen. Es gilt noch, Brynhilds Verheiratung zu verhindern. Sie wird das Pferd noch nicht zurück fordern."

„Ach ja", erinnerte sich Gilby. „Dann musst du wohl mit."

„Ich komme sowieso mit. Wir sind noch nicht fertig."

„Bringe uns zu meiner Siedlung in Midgard", bat Gilby das Walkürenpferd.

„Sehr gerne, kleiner Freund."

Odin

Im Norden Midgards herrschte immer noch Winter mit eisiger Kälte. Schneegestöber und Nebel erschwerten die Sicht.

„Ungemütlich", fand Kargur.

„Ach komm. Du merkst von der Kälte ebenso wenig wie von der Hitze in Muspelheim."

„Ich hab aber keine Lust, unter dem Schnee nach ein paar spärlichen Grashalmen zu suchen."

„Du hast dir ja bei der Hel den Bauch mit Äpfeln vollgeschlagen."

„Stopp", rief Loki plötzlich.

„Oh, Gesellschaft", stellte Kargur erfreut fest.

Jetzt erblickte auch Gilby das weiße Pferd vor der heimischen Hütte. Dessen Beine waren fast vollständig im Schnee versunken.

Lokis Befehl ignorierend schritt Kargur neugierig auf den Artgenossen zu.

„Interessante Reise mit dir, kleiner Freund. Erst muss ich dieses halbtote Stinkepferd mit drei Beinen ertragen und nun sehe ich dieses Prachtexemplar mit acht Beinen. Kennst du es?"

„Ja. Das ist Sleipnir. Es gehört Odin. Loki ist übrigens seine Mutter."

„Haha… Mutter! Ich wusste gleich, dass mit dem Kerl was nicht richtig ist. Wo ist der überhaupt?"

Gilby blickte hinter sich. Loki war verschwunden.

„Lass mich runter", kommandierte Gilby.

Kargur bäumte sich mit den Vorderbeinen auf und Gilby plumpste in den Schnee.

„Haha…", gluckste Kargur. *„Du hast das Zauberwort vergessen."* Er kümmerte sich nicht mehr um Gilby und stupste Sleipnir neckisch an. *„Wollen wir mal ein Wettrennen machen?"*

„Du verlierst", antwortete Sleipnir.

Gilby stutzte. Auch er hatte Sleipnirs Gedanken wahrgenommen.

Kargur stänkerte weiter: *„So, denkst du das? Nur weil du acht Beine hast?"*

„Schluss jetzt", fuhr Gilby dazwischen. „Ihr bleibt beide hier." „Bitte", fügte er nach Kargurs missmutigem Blick hinzu.

„Na gut, dann werde ich mit dem Achtbeinigen etwas plaudern und mir erklären lassen, wieso er eine männliche Mutter hat."

„Mach das. Interessiert mich auch."

Gilby öffnete die Tür zur Hütte. Ein warmer Luftzug kam ihm entgegen. Lokis Feuer brannte immer noch. Sirid sprang auf und umarmte ihren Jungen. Auch der anwesende Wanderer erhob sich.

„Odin", begrüßte Gilby ihn verhalten. Er ahnte nichts Gutes.

„Wo ist Loki?", brüllte der Allvater.

„Weiß ich doch nicht", ranzte Gilby zurück.

„Er war hier. Deine Mutter hat es mir erzählt. Er hat sein ewiges Feuer in der Esse entzündet", bellte Odin weiter.

„Stimmt", antwortete Gilby nur. Er hielt es für sinnvoll, dass Odin sich erstmal abreagierte, bevor er zum Gegenschlag ausholte.

„Du bist hinterlistig, Nordjunge. Du weißt genau, dass ich ihn suche."

„Sicher weiß ich das. Und du weißt, dass ich Loki ein Zeichen setzte. Es hat dir nicht geholfen, die Rune zu zerstören. Loki hat sie gesehen und kam her", reizte Gilby den Gott.

Odin schnaubte wütend. „Wie kannst du es wagen, so hinterrücks zu handeln, nach allem, was ich für dich tat?"

„DU?", fragte Gilby nach. „Du hast gar nichts für mich getan. ICH war es, der deine Forderungen erfüllte."

Odin ging nicht darauf ein. „Was wolltest du von Loki? Was habt ihr jetzt schon wieder angestellt?"

„Die Prophezeiung geändert", entgegnete Gilby seelenruhig.

„Wie oft soll ich dir das noch sagen, Nordjunge. An der Prophezeiung gibt es nichts zu ändern. Wann wirst du das endlich begreifen?"

„Du begreifst es nicht, Odin. Wenn's nach dir ginge, soll alles wie geweissagt eintreten, nur damit du Recht behältst. Aber darüber diskutiere ich schon seit zwei Wintern erfolglos mit dir. Also haben wir gehandelt."

„Da gibt es nichts zu handeln", schnaubte Odin. „Der Fimbulwinter hat begonnen. Ragnarök wird kommen und danach der Weltenbrand."

„Der Weltenbrand hat sich schon mal erledigt. Und über Ragnarök haben wir noch zu reden."

„Wieso sollte sich der Weltenbrand erledigt haben? Surt wird alles mit seinem Feuerschwert in Flammen aufgehen lassen."

„Das wünscht du dir, ja?" Wieder fühlte Gilby sich bestätigt, dass der Allvater lieber die Vernichtung der Welten in Kauf nahm als unrecht zu behalten.

„Es geht nicht darum, was ich mir wünsche", schnauzte Odin. „Die Prophezeiungen sind nicht zu ändern."

„Nun, dann verstehe ich eines nicht. Wenn doch alles so eintreten und vernichtet wird, wozu sammelst du Krieger in Walhalla? Warum wartest du nicht einfach ehrenvoll auf den Untergang?"

„Pah… was für ein Dummschwatz. Ich bin der Allvater und meine Aufgabe ist es, den Menschen Hoffnung zu geben."

„Ich lach mich gleich tot. Das ist eine tolle Hoffnung, wenn du vor lauter Raffgier nach Kriegern von den Walküren Menschen töten lässt."

Odin stutzte. „Was willst du damit sagen?"

„Schau mal vor die Tür", forderte Gilby den Gott auf.

„Wozu? Draußen steht Sleipnir. Das weiß ich."

„Sieh nach", wiederholte Gilby.

Odin öffnete die Tür und sah, wie Sleipnir und Kargur die Köpfe zusammen steckten.

„Was macht das Walkürenpferd hier?", raunte Odin.

„Brynhild", sagte Gilby nur und beobachtete Odins Reaktion.

Odin funkelte Gilby mit seinem einen Auge lauernd an. „Was weißt du von Brynhild?"

„Genug", war Gilbys einsilbige Antwort.

Ungehalten giftete Odin den Jungen an: „Was wird das hier? Hör auf, in Rätseln zu sprechen."

„Also gut. Zu Brynhild komme ich später. Wir waren in Muspelheim und haben Surt vernichtet."

Odin donnerte mit der Faust gegen die Wand, das der Lehm heraus bröselte. „Tisch mir keine Märchen auf. In Muspelheim kann kein Sterblicher existieren."

„Deswegen waren wir mit dem Walkürenpferd dort. Loki und Fenris schadet die Hitze nicht, Smurfel ist schon tot und ich hatte magische Tropfen."

„Du willst mir also weismachen, dass du mit dem Feuergott und dessen Brut einen Ausflug nach Muspelheim gemacht hast? Und wer zum Kuckuck ist Smurfel? Was waren das für magische Tropfen?"

„Viele Fragen auf einmal", fand Gilby. „Smurfels richtiger Name ist Dvalin. Er ist einer von Ivaldis Söhnen und lieferte den Lärm des Katzentritts für Gleipnir. Danach starb er und landete in Hel. Er ist nur noch ein Skelett, weil die Hel ihn in den Slid warf. Modgud fischte seine Knochen heraus und setzte sie zusammen. Er konnte flüchten und wir fanden ihn am Gjöll. Wir brachten Smurfel zu Ivaldi, der für ihn eine magische Waffe fertigte und für mich die Tropfen. So konnte mir die Hitze nichts anhaben. Kargur galoppierte mit Smurfel direkt in Surts Leib. Die magische Waffe vernichtete den Feuerriesen, er löste sich einfach auf und Surtalogi versank im Lavasee." Gilby machte eine Pause und Odin guckte verdattert. „Jedenfalls wird es den Weltenbrand nicht mehr geben. Soviel zu der Prophezeiung", schloss Gilby.

„Die Fantasie geht wohl mit dir durch. Wieso sollte ich dir diese Geschichte glauben?"

„Weil du weißt, dass ich nicht lüge, Odin."

Odin runzelte die Stirn und zog die buschigen Augenbrauen nach unten. Es stimmte, Lügen konnte er dem Jungen wirklich nicht vorwerfen. Auch wusste der Göttervater, zu welchen Meisterwerken Ivaldi fähig war. Er hatte sich einst selbst davon überzeugen können.

„Das ist eine unglaubliche Botschaft, die du überbringst", murmelte er. „Aber was ist mit Muspels Söhnen? Habt ihr die auch vernichtet?"

„Nur ein paar, um Surt aus seiner Festung zu locken. Die Übrigen werden nichts ausrichten. Nach Surts Vernichtung standen sie da wie einfältige Mondkälber."

„Sie könnten auch ohne Surt Bifröst zerstören, wie die Prophezeiung es sagt", warf Odin ein.

„Du machst mich fertig mit deinem ewigen Geschwätz von den Prophezeiungen", stöhnte Gilby. „Die Riesen sind im Feuerreich gefangen. Einen Ausweg würden sie erst durch das Beben an Ragnarök finden. Das dürfte dir bekannt sein."

„Eben. Dann werden die Feuerriesen austreten."

„Was hätten sie davon? Aber darum geht es gar nicht. Ragnarök muss verhindert werden."

„Die Prophezeiung…"

„Ach, hör doch endlich damit auf, Odin", fiel Gilby dem Gott ins Wort. „Du hast dein Auge geopfert, um die Weisheit aus Mimirs Brunnen zu erlangen, du hast dich für das Wissen der Runen an Yggdrasil gehängt und was hast du bekommen? Verwirrtheit, um die Zukunft mit beschränktem Wissen und schändlichen Taten negativ zu beeinflussen. Überlege, Odin. Was ist noch von deinen Plänen geblieben? Fenris ist frei – vor Ragnarök. Dein Sohn Balder ist tot – getötet durch deinen Speer, indirekt aber durch dich mit deiner Wut und Rechthaberei. Laut der Nornen sollte Balder durch Hödur, angestiftet von Loki, getötet werden. Dafür wolltest du Loki unter einer Schlange fesseln lassen. DU hast Balder getötet und keinen Grund, Loki zu jagen und tust es trotzdem. Und letztlich kann der

Weltenbrand nicht mehr kommen. Und jetzt sage mir: Was ist aus deinen ach so gerühmten Prophezeiungen geworden? Nutze endlich die Weisheit, die du aus Mimirs Brunnen schlürftest. Sonst hast du dein Auge vergebens geopfert."

Odin blickte den Jungen verdächtig ruhig an. Gilby wartete gespannt. Ihm war bewusst, dass der Allvater es hasste, wenn derbe Worte auf ihn nieder prasselten. Erst recht, wenn sie dem Munde eines Nordjungen entschlüpften, von dem er nicht gewillt war, seine Autorität als Allvater untergraben zu lassen.

Endlich reagierte Odin. „Du hast einen Fehler begangen, dich mit Loki einzulassen. Er will Ragnarök, nicht ich. Loki errichtet am Gjöll das größte Schiff aller Zeiten – Naglfar. Er stellt es aus unbeschnittenen Finger- und Zehennägeln der Toten her. Gemeinsam mit Hel wird er es mit den Verstorbenen aus dem Totenreich und den Feinden der Götter besetzen. Wenn an Ragnarök die Midgardschlange tobt und alles überschwemmt, löst sich Naglfar und führt seine Besatzung zur letzten Schlacht nach Wigrid. Lokis und Hels Ziel ist, die Weltherrschaft zu übernehmen."

In Gilbys Ohr krabbelte es. „Glaub ihm kein Wort", surrte die Fliege.

Odin fuhr fort: „Natürlich lag es deshalb in Lokis Interesse, Surt zu vernichten. Denn sonst könnte er nicht die Weltherrschaft übernehmen. Und es erspart ihm den Kampf auf Wigrid gegen die Feuerriesen."

Gilby überlegte krampfhaft, während ihn die Fliege in seinem Ohr nervös kitzelte. Diese Geschichte machte erneut alles kompliziert.

„Das kann nicht sein", protestierte er. „Ich musste Loki überreden, mit mir nach Muspelheim zu gehen."

„Natürlich. Du hast noch nicht begriffen, wie listig Loki ist."

„Es waren aber alles meine Ideen. Von Ivaldi die magischen Dinge fertigen zu lassen und Fenris als Nuss verwandelt mitzunehmen", grübelte Gilby.

„Und wie kamst du zu dem Walkürenpferd?", forschte Odin nach.

Gilby wurde sich bewusst, dass dies seltsamerweise nicht nur einfach war, sondern Loki sich auch sehr übermotiviert gab.

„Brynhild gab es uns. Sie forderte als Gegenleistung, dass Loki ihre Verheiratung mit einem Sterblichen verhindert, die du von ihr wegen ihres Ungehorsams fordertest."

Odin schlug sich lachend auf die Oberschenkel.

„Brynhild ist eine meiner erfahrensten Walküren. Du glaubst doch nicht ernsthaft, dass ich auf ihre Fähigkeiten verzichte, indem ich sie verheirate und damit sterblich mache?"

„Aber du hast es von ihr gefordert?"

„Ja, auch Walküren wollen erzogen werden."

„Du hast von ihr verlangt, dass sie Lebende tötet."

„Das stimmt. Weshalb, weißt du ja jetzt. Ich brauche so viel Einherjer wie möglich, damit Loki nicht siegt."

„Er zettelt Kriege an", tuschelte es in Gilbys Ohr.

„Und dafür zettelst du Kriege an", plapperte Gilby nach.

„Ach Nordjunge. Das besorgen schon andere", winkte Odin ab. „Die Menschen haben sich verändert. Sie betrügen, lügen, stehlen und morden. Solche haben ihren Platz in Midgard verwirkt und sind in Walhalla besser aufgehoben."

„Ach ja? Denkst du so?", entgegnete Gilby fassungslos. „Wie kannst du denn von einem Haufen Raufbolde, Lügner und Mörder annehmen, dass sie dir ihr Schwert nicht in Leib rammen?"

„Weil sie mir zu Dank verpflichtet sind", frotzelte Odin erhaben. „Ich habe sie in Walhalla aufgenommen, bevor sie an Krankheit oder durch Alter sterben und von der Hel in den Slid geworfen oder in Nasträd vom Schlangengift bespritzt werden."

„Auch eine Art der Rechtfertigung. Und du fragst dich nie, warum die Menschen so geworden sind?

Denkst nicht darüber nach, dass sie das Vertrauen in euch Götter verloren haben?", erwiderte Gilby traurig. Er hatte keine Lust mehr, diese unnützen Gespräche mit Odin zu führen. Es war ermüdend. Außerdem musste er nachdenken. Was der Göttervater ihm über Naglfar erzählt hatte, konnte nicht stimmen. Er hatte all die friedlichen Verstorbenen in Hel gesehen. Allein die Vorstellung, dass sich Smurfel auf ein solches Schiff begeben würde, erschien ihm nahezu absurd und lächerlich. Sollte doch etwas an der Geschichte dran sein und sich das Schiff vom Toben der Midgardschlange los reißen, wäre Ragnarök bereits eingetreten. Soweit durfte es gar nicht erst kommen. Gilby war verwirrt, musste seine Gedanken sortieren und mit Loki sprechen. Deshalb bat er den Allvater zu gehen.

„Was ist mit Fenris? Du hast versprochen, ihn zurück zu bringen", erinnerte Odin mahnend.

„Ich sagte dir bereits, dass ich das werde, wenn die Zeit dafür reif ist – wenn du dafür reif bist. Und jetzt geh bitte."

Widerwillig verließ Odin die Hütte. Lautes Wiehern erinnerte Gilby an Kargur und er trat auch hinaus.

„*Wir sehen uns wieder. Und dann machen wir ein Wettrennen*", vernahm Gilby Kargurs Gedanken an Sleipnir.

„Du verlierst", wiederholte Sleipnir.

Odin schwang sich auf den Pferderücken und Sleipnir war im nächsten Moment in den dunklen Schneewolken verschwunden.

„Oh", staunte Kargur.

„Na, hast dein Maul etwas voll genommen", neckte Gilby.

„Abwarten. Wo wollen wir jetzt hin?", erkundigte sich Kargur voller Tatendrang.

„Nirgends. Ich muss erst was klären."

„Langweilig. Wie lange dauert das?"

„Ich weiß es nicht. Willst du warten?"

„Oh, ich hab die Wahl? Dann warte ich. Vielleicht passiert wieder etwas Spannendes."

Gilby tätschelte Kargur am Hals. „Du bist ein gutes Pferd."

„Wenn ich will", gluckste Kargur.

Gilby klopfte sich den Schnee ab, bevor er in die Hütte trat. Loki hatte wieder seine wahre Gestalt angenommen und Sirid hockte verstört vor dem Feuer.

Gilby ging erst zu seiner Mutter und strich ihr über's Haar. „Es tut mir leid, dass du das alles mitbekommen hast."

„Ach, mein Gilby. Du bist so ein tapferer und mutiger Junge. Aber ich war schon erschrocken, wie du mit dem Allvater gesprochen hast."

„Er will es leider trotzdem nicht verstehen", antwortete Gilby resigniert.

Dann wandte er sich Loki zu. „Was hat es mit Naglfar auf sich?"

„Das ist eine von Odins geliebten Prophezeiungen, die er auch verbreitet hat. Deswegen weiß jeder, dass die Finger- und Fußnägel der Verstorbenen abzuschneiden sind. Woraus sollte ich dann bitte ein Totenschiff namens Naglfar bauen? Dieses Schiff existiert nur in der Fantasie Odins, geschürt durch irgendwelche Weissagungen der Nornen."

„Aber dann haben die Nornen doch gesehen, dass du es bauen wirst?"

„Die Nornen sehen viel. Sie haben ja auch nichts anderes zu tun, außer die Wurzeln Yggdrasils zu wässern", spottete Loki. „Und Odin bereitet es immer wieder Freude, die Weissagungen aufzugreifen und gegen mich zu verwenden."

„Ja, scheint mir auch so. Odin geht sogar so weit, von Fenris verschlungen zu werden, damit die Prophezeiung erfüllt wird." Gilby erinnerte sich an den Auftrag mit Vidars Schuh. „Wer kämpft an Ragnarök denn sonst noch gegen wen?", erkundigte er sich.

„Nach der Weissagung kämpfen Heimdall und ich gegeneinander. Nun ja, ich gebe zu, wir sind nie die besten Freunde gewesen. Das haben die Nornen also gut gewählt", spottete Loki. „Thor erschlägt die Midgardschlange, die ihn aber noch mit Gift bespritzt. Tyr kämpft gegen den Höllenhund Garm. Alle werden sterben. Und Surt tötet Frey."

„Moment… Du stirbst auch?", warf Gilby ein.

„Ja, ich auch."

„Und weshalb behauptet Odin dann, dass du die Weltherrschaft übernehmen willst? Wenn er immerzu den Weissagungen vertraut, kannst du das gar nicht, weil du Ragnarök auch nicht überlebst."

„Gut Gilby. Du hast den Fehler gefunden", lobte Loki.

„Und Surt ist vernichtet. Also kann er Frey nicht mehr töten", folgerte Gilby.

„Stimmt, auch das hat sich an der Prophezeiung geändert. Frey würde Ragnarök überleben."

„Der Meeresgott Njörd auch", wusste Gilby. „Hat er mir jedenfalls erzählt und auch, dass noch einige andere überleben werden."

„Ja, die Prophezeiung sagt, dass Odins Söhne Vidar und Vali überleben", stimmte Loki zu. „Ebenso Magni und Modi, Thors Söhne. Balder und sein blinder Bruder Hödur kehren aus Hel zurück. Ach ja, der Drache Nidhögg überlebt auch."

„Und Lif und Lifthrasir", ergänzte Gilby und wurde plötzlich ganz blass. Zum ersten Mal fiel ihm auf, dass er und seine Mutter Sirid und alle anderen

Menschen Midgards in der Prophezeiung nicht als Überlebende vorkamen.

„Was hast du?", fragte Loki.

„Wenn Ragnarök kommt, sterben alle Menschen in Midgard, außer Lif und Lifthrasir."

„Wenn, wenn, wenn…", reagierte Loki unwirsch.

Gilby senkte resigniert den Kopf. „Wir haben viel an den Weissagungen geändert. Aber Ragnarök scheint eingeläutet. Der Fimbulwinter hat begonnen. Die Asen haben es geschafft und den Frieden der Welt versaut. Da können wir wohl auch nichts mehr ausrichten."

„Du gibst auf? Ist nicht dein Ernst! Komm zu dir, Nordjunge! Erinnere dich, was du schon alles geschafft hast."

„Willst du, dass die Asen sterben?", forschte Gilby weiter.

„Nein, Odin ist mein Blutsbruder. Aber ich will auch nicht von ihm gejagt und unter einer Schlange gefesselt werden."

„Das leuchtet ein. Aber was können wir tun?"

„Das fragst du mich? Du hast doch immer die grandiosen Einfälle. Deine Idee mit Muspelheim war schon verrückt. Hat aber funktioniert."

„Nicht wahr?", bestätigte Gilby stolz. „Aber heute fällt mir nichts mehr ein. Ich bin müde."

Während Sirid für Loki ein Nachtlager richtete, ging Gilby noch einmal zu Kargur.

„Du musst dich noch bis morgen gedulden", sprach er zu dem Pferd.

„*Ich muss?*", maulte Kargur. „*Ich will aber nicht.*"

Gilby war zu erschöpft, auch noch mit dem Walkürenpferd zu diskutieren. „Dann kann ich es auch nicht ändern", sagte er und ging zurück in die Hütte.

„*Das merke ich mir*", grummelte Kargur hinterher.

Gilbys Traum

Gilby schlief erschöpft ein und fiel in wirre Träume. Kurz tauchte Naira, seine Fylgja, auf und verschwand in einem Schwarm schillernder Schmetterlinge. Barfuß durchstreifte eine junge, wunderschöne Frau das Gras. Jeder ihrer Schritte ließ bunte Blumen wachsen. Apfelblüten rieselten wie Schneeflocken von den Bäumen und bedeckten das grüne Gras mit zartrosiger Farbe.

Loki trat an die Frau heran. „Liebste Iduna, folge mir in einen Hain, in welchem noch prachtvollere Äpfel gedeihen als in dem deinen. Nehme deinen Korb mit, damit du vergleichen kannst."

Als beide besagten Wald erreichten, kam ein riesiger Adler geflogen und ergriff Iduna mitsamt ihrer Äpfel.

Vor Loki baute sich Odin drohend auf. „Hole Iduna zurück. Ohne die Göttin der Jugend und Unsterblichkeit und ihre Äpfel werden wir altern und sterben."

Loki knüpfte sich Freyas Falkengewand um und folgte dem Adler. Er verwandelte Iduna in eine Nuss, die er im Apfelhain ablegte. Der Adler kreiste darüber. Die Asen beschossen ihn mit brennenden Pfeilen und der Adler segelte tot zu Boden.

Der Meeresgott Njörd erschien mit einer Kriegerin an seiner Seite. Über ihnen kreischten Möwen. Die Kriegerin hielt sich die Ohren zu.

„Skadi, geh in die Festung", sagte Njörd.

„Warum nur hast du schönere Füße als Balder", schimpfte Skadi. „Dann wäre er mein Gemahl."

„Dann wärst du jetzt seine Witwe", stellte Njörd fest und Odins Speer bohrte sich in Balders Leib. Der Schnee färbte sich rot.

Um Loki herum lief meckernd eine Ziege. Loki nahm ein Band, befestigte ein Ende am Bart der Ziege und das andere an seinem Hoden. Beide veranstalteten ein albernes Tauziehen und Ringelreihen. Skadi krümmte sich vor Lachen.

Auf seinem Ausguck hoch über Asgard stand Odin und rief: „Skadiii... komm zu mir!"

Skadi kam. Die Götter fesselten Loki auf Gesteinen und Skadi schnürte eine giftspeiende Schlange über ihn.

Schweißgebadet schlug Gilby die Augen auf. Träumte er oder war er wach? Ihm war, als sehe er das liebliche Anlitz Nairas. Doch bevor er Traum von Wirklichkeit unterscheiden konnte, löste sich das kristallene Wesen auf.

Gilby wuschelte sich den Schopf und erhob sich von seinem Nachtlager. Er trat vor die Hütte und rieb sein Gesicht mit Schnee ab.

„Da bist du ja endlich", meldete Kargur sich.

„Nett, dass du noch da bist", antwortete Gilby. „Ich komme nachher zu dir. Muss erst noch was klären."

„Das musstest du vor einem Mond schon. Beeil dich mal."

Gilby ignorierte das Pferd. Die Kälte brachte seine Erinnerung zurück.

„Wenn deine Fylgja dir etwas zu sagen hat, wird sie im Schlaf zu dir sprechen", waren Ylvas Worte. Er war sich sicher. Sein Schutzgeist hatte ihm den Traum geschickt.

Gilby sprang zu Lokis Schlafstatt. „Loki, wach auf",
rief er und rüttelte an dem Feuergott herum.
„Was ist passiert, verdammt?", nörgelte Loki und
richtete sich auf. „Odin will dich unter einer Schlange fesseln."
Loki plumpste auf sein Lager zurück. „Deswegen
machst du so einen Radau? Das wissen wir doch."
Gilby erzählte dem Feuergott von seinem Traum
und Loki richtete sich interessiert wieder auf.
„Meine Fylgja wollte mir damit etwas sagen",
schloss Gilby.

„In der Tat", raunte Loki. „Was du träumtest, ist so
geschehen. Der Adler war der Riese Thiazi, Skadis
Vater. Er hatte mich gefangen genommen. Für meine
Freilassung sollte ich ihm Iduna und ihre Äpfel bringen. Er dachte, sich an Ragnarök den Kampf gegen
die Götter zu ersparen, weil Krankheit und Alter sie
bis dahin ausgerottet hätten. Für den Tod ihres Vaters forderte Skadi Wiedergutmachung. Sie wollte
erheitert werden und einen Asen als Gatten. Ihr Gemahl wurde Njörd und für die Bespaßung sorgte ich
mit der Ziege. Zusätzlich setzte Odin die Augen ihres Vaters als Sterne in den Himmel. So haben die
Asen Skadi versöhnt. Doch mit mir hadert sie weiter,
weil sie in mir den Hauptschuldigen für ihres Vaters
Tod sieht."

„Das verstehe ich nicht. Thiazi hat das Ganze doch mit deiner Entführung ausgelöst", überlegte Gilby.

„Richtig. Aber verstehe einer die Götter. Ich frage mich nur, warum dich deine Fylgja von mir träumen ließ. Sie ist schließlich dein Schutzgeist und nicht meiner", spekulierte Loki.

„Ja, das ist sonderbar. Es muss auch etwas mit mir zu tun haben, was wir noch nicht absehen können. Wir werden auf der Hut sein."

„Vor allem brauchen wir einen Plan", beschloss Loki.

„Dann bleibst du noch hier?", fragte Gilby hoffnungsvoll.

„Besser ist das. Wer weiß, was du alleine wieder aushecken würdest. Außerdem habe ich keine Lust, als Fliege durch die Kälte zu surren."

„Was machen wir mit Kargur? Das Pferd ist schon ungeduldig."

„Schick ihn zurück zu Brynhild. Bevor wir nicht wissen, wie wir weiter vorgehen, brauchen wir den Gaul nicht."

Gilby ging hinaus. „Du kannst zurück zu den Walküren", sagte er zu Kargur. „Und bestelle Brynhild, dass Odin sie nicht verheiraten wird. Sag ihr auch danke von mir. Du warst wirklich gut."

„Und jetzt hab ich ausgedient, kleiner Freund?" Kargur wirkte enttäuscht.

„Ich werde deine Hilfe noch brauchen. Kann ich dich eigentlich auch rufen, wenn du weit weg bist?"

„*Probiere es aus, wenn es soweit ist*", ließ Kargur den Jungen im Ungewissen, galoppierte durch den Schnee und flog davon.

Fimbulwinter

Der Winter hielt an und es wurde immer kälter. Frühling war nur noch ein Wort aus vergangenen Zeiten. Schneestürme tobten über das Land. Weiße Berge prägten die sonst flache Gegend am Schreckenstor des Flusses Egidor. Sturmgebeutelte Wellen spritzten ihre Gicht auf und gefroren zu bizarren Gebilden, noch während sie brachen.

Loki lief die Hütten in der Siedlung ab, um den Menschen mit seinem Feuer wenigstens Wärme zu geben. Doch einige waren bereits der Kälte oder dem Hunger erlegen.

Die Nächte wurden länger. Immer mehr nahmen Schnee, Eis und Dunkelheit Midgard ein. Tag und Nacht waren bald nicht mehr zu unterscheiden.

Ab und zu nahm Gilby etwas Leuchtendes durch das Fenster wahr.

„Die ersten Sterne fallen vom Himmel", erklärte Loki.

Wenn die Stürme eine Verschnaufpause einlegten und den Schnee weniger herum wirbelten, zeigte sich kurz der Mond, hinter dem ein Schatten mit weit aufgerissenem Maul jagte.

„Es ist Hati", sagte Loki. „Du kennst den Wolf von Angurboda. Es ist Fenris Sohn. Hati hetzt Mani, den Mond, um ihn an Ragnarök zu verschlingen. Dabei wird Manis Blut auf die Sonne gespritzt. Sie verdunkelt sich und dann verschlingt Skalli sie. Es wird nur noch Dunkelheit herrschen."

„… sagt die Prophezeiung", ergänzte Gilby.

„Du hast Hati doch den Mond jagen sehen", warf Loki ein.

„Haha… das kann so nicht kommen. Die Prophezeiung sagt auch, dass die Welt nach Ragnarök wieder neu zum Leben erwachen wird. Wie soll das bitte in totaler Dunkelheit gehen?"

„Tja", lachte Loki. „Da haben die Nornen bei ihren Weissagungen wohl nicht mit einem schlauen Nordjungen gerechnet."

So verbrachten Gilby, Loki und Sirid den langen Winter und beratschlagten sich.

Auch in Asgard hatte der Fimbulwinter Einzug gehalten. Die goldprangenden Schlösser waren unter Schneemassen verschwunden.

Odin lief unruhig durch seine Hallen, während seine Gemahlin Frigg ruhig webte. Der Allvater suchte Thor auf.

„Spann deine Böcke ein", befahl er. „Reise zu den Bergen im Norden Midgards und bringe Skadi nach Asgard."

Thor runzelte die Stirn. „Und wenn sie nicht will?"

„Sag ihr, sie bekommt Balder zum Gemahl, wie sie es sich wünschte."

Der Donnergott blickte seinen Vater verdutzt an. „Geht doch gar nicht. Balder ist in Hel. Mit seiner Gattin Nanna."

„Mir egal", grummelte Odin. „Ich will Skadi hier haben. Also tu, was ich dir sage."

Missmutig wandte Thor sich ab, um den Wagen einzuspannen. Er hatte keine Ahnung, was sein Vater vorhatte und keine Lust, durch die Kälte zu fliegen. Doch offensichtlich duldete Odin keinen Widerspruch. Also beschloss Thor, sich zu fügen.

Der Winter hatte auch das Totenreich der Hel erreicht. Der Gjöll gurgelte und wisperte nicht mehr. Eine unheimliche Stille lag über der gefrorenen Eisdecke. An einigen Stellen streckten sich bewegungslose Klauen aus dem Eis.

Über die verschneite Gjallarbru schleppten sich mehr Untote als je zuvor. Menschen, welche Kälte und Hungersnot zum Opfer gefallen waren. Nur die Wächterin Modgud begrüßte dies. Sie hatte so viel zu kontrollieren, dass keine Langeweile aufkam.

Eis und Schnee bedeckte die einst grüne und sonnige Landschaft, in welcher die guten Verstorbenen ihre neue Heimat gefunden hatten. Die Sonne war vor der Dunkelheit gewichen.

Hel, die es ohnehin kalt und dunkel bevorzugte, störte sich an dem Zustand wenig.

Smurfel hockte nur noch in seiner Hütte und hatte all seine Hühner mit hinein genommen.

Auch in den Tiefen des Nordmeeres war der Winter spürbar. Ägir saß auf seinem Thron und blickte betrübt über die leere Halle. Kein Ase kehrte mehr zu einem Trinkgelage ein. Kein Bier brodelte im Braukessel, der wie ein großer Trauerkloß auf den Meeresriesen wirkte. Auch war Ägir die Lust vergangen, durch das Meer zu laufen, um Sturmfluten zu erzeugen. Mehr als einmal hatte er sich den Kopf an der Eisdecke gestoßen.

Ran und ihre Wellenmädchen waren ihrer Aufgaben beraubt. Die Meeresgöttin verweilte besorgt bei ihren

Verstorbenen. Die Stimmung schlug sich auf die toten Seelen nieder. Kein Geschwätz und fröhliches Lachen drang aus ihren Kehlen. Es war still geworden in der Unterwasserwelt.

Ran wurde schwer ums Herz, ihre Toten so trübsinnig zu sehen. Sie überlegte schon, sie Odin für seine Walhalla anzubieten. Er würde sie mit Kusshand nehmen, das wusste sie. Doch sie verwarf diesen Gedanken schnell. Es war nicht das, was sie den Verstorbenen zudachte.

Bei den Elfen und Feen in Lichtalbenheim blieben die Frühlingsfeste aus. Was zuvor in kristallenem Glanz erstrahlte, war jetzt von einer dicken Eisschicht überzogen. In der Dunkelheit erschien oft ein wohligwarmes Licht, erzeugt von Elfen, welche ihre Umgebung mit ihren Körpern erleuchten ließen.

Naira und Ylva dachten oft an Gilby und Gilby dachte in dieser schweren Zeit oft an die beiden Elfen. Das gab ihnen Mut und Kraft. Es war, als existiere über die Ferne ein unsichtbares Band zwischen ihnen.

Den Zwergen in Schwarzalbenheim war es in ihren unterirdischen Behausungen bitterkalt geworden. Es gab kein Holz, um die Essen zu befeuern und sie konnten nicht mehr schmieden. Sie verbündeten sich mit den Frostriesen aus dem nahe gelegenen Niflheim in der Hoffnung, mit deren Hilfe bessere Überlebenschancen zu haben. Nur Ivaldi und seine Söhne hielten sich da heraus. Sie hofften, durch ihre Zauberkräfte andere Lösungen zu finden.

Während sich alle grämten, verbiss sich der Drache Nidhögg verzückt und inbrünstig in den Wurzeln Yggdrasils. Er spürte, die Zeit nahte, dass der Baum fallen würde und er endlich das Eichhörnchen und den Adler auffressen konnte.

Auch weiter im Süden Midgards, wo das Menschenpaar Lif und Lifthrasir lebte, regierte inzwischen nicht nur der Winter, sondern weiterhin Mord und Totschlag. Doch die zwei schafften es immer wieder, sich zu verstecken. Wenn die Kälte unerträglich wurde, verbrannten sie die Leichen, um sich zu wärmen.

Nur die Feuerriesen in Muspelheim verweilten weiter in Hitze, Feuer und Lava. Aber auch sie waren trist gestimmt, wussten sie doch, dass es ihnen ohne Surt und Surtalogi nicht gelingen würde, die ganze Welt in eine Feuerwelt zu verwandeln und für sich einzunehmen.

Die Zeit verging und der Fimbulwinter wütete weiter. Erbarmungslos erstickte er die Welten unter Eis und Schnee. Jeder kämpfte ums Überleben, mordete, überlegte, wartete oder starb.

Der Tag kam, an dem Yggdrasil sich der schweren Schneelast auf seinen Ästen entledigte. Der Baum schüttelte sich, geriet ins Wanken und mit ihm die Welten.

Gilby umklammerte seine Mutter, die laut aufschluchzte, als die Erde bebte. Da scharrte es am Fenster und Schneemassen flogen beiseite. Gilby öffnete und ein Eichhörnchen hüpfte herein.

„Es wird Zeit", sagte es. „Yggdrasil, meine Heimat, fällt."

„Ratatöskr…", stammelte Gilby verblüfft.

„Er hat Recht", sagte Loki. „Es wird Zeit."

Gilby wusste, was zu tun war. Der lange Fimbulwinter hatte ihnen genug Momente zum Beratschlagen gegeben.

Er konzentrierte sich. *„Kargur?"*

„Ja, kleiner Freund, du brauchst mich?", kam prompt die Antwort des Walkürenpferdes. *„Ich eile."*

Wigrid

Gilby stürmte nach draußen, als er ein ungeduldiges Wiehern vernahm. Das konnte sich nur um Kargur handeln.

„Du bist groß geworden, kleiner Freund. Ein richtiger Mann."

"Ja, wir haben uns lange nicht gesehen."

„Und trotzdem hast du mich nicht vergessen." Kargur verpasste Gilby einen freundschaftlichen Stups.

„Wie könnte ich", antwortete Gilby.

„Und nun geht's auf ins nächste Abenteuer?"

„Abenteuer ist wohl das verkehrte Wort."

„Nenn es, wie du willst. Hauptsache, wir erleben wieder was. Nur immerzu mit den Walküren Tote einzusammeln, ist langweilig."

„Erleben werden wir sicher was."

„Gut. Dann steig auf und lass uns los."

„So schnell geht das jetzt auch nicht."

„Nicht dein Ernst. Ich soll schon wieder warten? Ich hab mich schließlich beeilt", murrte Kargur.

„Nur kurz", beruhigte Gilby das Pferd und ging in die Hütte.

Ratatöskr hatte aus dem Fenster gespäht. „Ihr reitet weg? Ich komme mit", beschloss er.

„Kommt gar nicht in Frage", wehrte Loki ab. „Wir haben Wichtigeres zu tun, als uns auch noch um einen Nagerfratz zu kümmern."

„Ich kann bestimmt helfen", versuchte Ratatöskr es.

Loki lachte ironisch. „Natürlich. Stelle mir gerade vor, wie ein Eichhörnchen gegen einen Frostriesen kämpft."

„Er kommt mit", beendete Gilby die Diskussion.

„Wie du meinst. Das Viech ist dann aber deine Sache."

Gilby und seine Mutter verabschiedeten sich mit einer stummen Umarmung. Keiner fand für den anderen tröstende Worte, wussten sie doch beide nicht, ob sie sich wiedersehen würden.

Kargur blickte argwöhnisch zuerst auf Loki und dann auf Ratatöskr, der ohne zu zögern flink am Pferdebein hochkletterte. Oben angekommen, beendete er die Aktion mit einem zufriedenen Keckern und trappelte mit den Vorderpfoten.

„Was soll das werden?", nörgelte Kargur.

„Ich denke, du hast es eilig. Also verplempere keine Zeit mit überflüssigen Fragen", fertigte Gilby das Pferd ab. Laut sprach er: „Bring uns nach Wigrid."

„Wie? Nicht weiter? Lohnt ja gar nicht."

„Mir reicht das, in der Kälte durch den Schnee zu fliegen."

Gilby wusste, dass Wigrid tatsächlich nicht allzu weit weg sein konnte. Loki hatte erklärt, dass sich die Ebene der letzten Schlacht auf einer großen Insel im nördlichen Nordmeer befindet. Sie würden auf dieser Reise zum ersten Mal Midgard nicht verlassen. Wahrscheinlich war es auch ihre letzte Reise, egal wie alles ausgehen würde.

Die Kälte während des Ritts war unerträglich. Kargur flog sehr schnell und der Schnee peitschte Gilby hart ins Gesicht. Instinktiv griff er nach dem Eichhörnchen und drückte ihn an sich in der Hoffnung, das buschige Fell würde ihn wärmen. Doch durch Brünne, Tunika und Mantel drang keine Wärme von dem Tier zu ihm durch. Ratatöskr steckte seine Nase unter Gilbys Arm und keckerte verhalten.

Kargur drosselte das Tempo und flog tiefer. Schemenhaft nahm Gilby eine gewaltige, bläulich schimmernde Schattenfront unter sich war.

Auch Loki hatte sie gesehen. „Es sind Frostriesen. Sie bewegen sich über das zugefrorenen Meer auf Wigrid zu."

„Himmel, das sind zu viele", rief Gilby erschrocken.

„Was hast du erwartet? Zwei? Drei?", neckte Loki. Er wies nach vorne. „Siehst du den Gebirgszug? Dort werden wir erwartet."

„Na hoffentlich", kommentierte Gilby nur. Er bezweifelte schon jetzt den ausgegorenen Plan und war von dessen Gelingen so gar nicht mehr überzeugt.

Kargur unterbrach Gilbys trübsinnige Gedanken. *„Sag mir, dass ich weiter gebraucht werde und nicht schon wieder warten muss. Sonst lande ich nicht und fliege mit euch spazieren."*

„Das fehlt mir noch. Du wirst gebraucht wie nie zuvor und bist ab jetzt überall dabei", versicherte Gilby.

„Das klingt gut, kleiner Freund." Kargur wieherte zufrieden und setzte an einem Felsspalt auf.

Davor thronte Fenris wie ein Wachposten, sprang aber sofort auf das Pferd zu, um seinen Vater und Gilby zu begrüßen.

„Der schon wieder", dachte Kargur.

Aus dem Spalt trat Hel mit ihrem Höllenhund Garm heraus. An der Hand der Totengöttin tippelte Smurfel, der stolz seine magische Lanze trug. Gilby hätte das Skelettmännchen fast nicht erkannt, denn es hatte sich ein Gewand aus Hühnerfedern umgelegt und ein gefiedertes Gebilde als Haarersatz auf seinen Schädel platziert.

„*Wie albern*", fand Kargur. „*Kaum zu glauben, dass ich mit solch einer Witzfigur den Feuerriesen erledigt habe.*"

Smurfel reichte Gilby die Hand. „Tach. Ich auch helfen."

„Das ist gut, Smurfel. Du siehst gut aus."

„*Haha*", kicherte Kargur dazwischen.

„Alles Feder von meine Hühner", sagte Smurfel stolz. „Die auf Kopf alle von Dvalin."

„Du hast deinen Hühnern jetzt Namen gegeben?", wunderte sich Gilby.

„Ja, besser."

„Seid ihr fertig mit eurem Geplänkel?", funkte Loki dazwischen.

„Es hat geklappt", freute sich Gilby. „Sie sind hier."

„Mmmm…", brummte Loki nur.

Hel stieß einen Pfiff aus. Aus dem Spalt traten Untote. Sie sahen mitgenommen und entstellt aus. Gilby riss sich vor Staunen die Mütze vom Kopf, um sich die Haare zu raufen, während eine nicht enden wollende Schlange der Gestalten an ihm vorbei zog.

„Hel hat ihre Toten aus Naströd und dem Slid befreit. Sie versprach ihnen, dass sie nicht mehr dorthin zurück müssen, wenn sie uns zur Seite stehen", erklärte Loki.

„Wie kommen die alle hierher?", staunte Gilby, während immer mehr Tote aus dem Spalt traten. Die Zahl war gigantisch.

„Mit Naglfar", antwortete Loki.

Gilby stutzte. „Du hast gesagt, das Schiff gibt es nicht."

„Gab es auch nicht, jedenfalls nicht von mir. Hel hat es während des Fimbulwinters von den Toten bauen lassen. Sie rissen sich selbst ihre Finger- und Zehennägel aus und arbeiteten ununterbrochen."

Gilby glaubte dem Feuergott. Die Schreie in Naströd dröhnten noch in seinen Ohren, wenn er sich an diesen Ort des Grauens erinnerte. Die toten Menschen hätten alles getan, um den Qualen zu entkommen.

Gilby bahnte sich den Weg zur Hel. „Das war eine gute Entscheidung von dir."

Hel nickte. „Wenn wir das hier überstehen, werde ich Naströd und den Slid zerstören."

„Aber was machst du denn mit denen, die Verbrechen und Unrecht begangen haben?"

„Die können ihre Sünden abarbeiten. Es gibt genug zu tun im Totenreich."

Gilbys Achtung vor der Totengöttin stieg immer mehr.

Nach dem letzten Untoten ertönte ein klägliches Wiehern. Helhesten hatte die Schar vorangetrieben und folgte auf seinen drei Beinen.

„*Och nö*", grummelte Kargur und wendete angewidert die Nüstern ab.

Nach Helhesten folgte Angurboda mit ihren Wölfen Hati und Skalli.

Loki fiel vor der Riesin auf die Knie. „Ich freue mich, dich wiederzusehen, meine Schönheit."

„Lass das Geschleime und steh auf", krähte Angurboda.

Gilbys Verblüffung nahm kein Ende. „Hati und Skalli jagen doch Mond und Sonne?"

„Nun, Nordjunge, ach, wenn ich dich so sehe, muss ich jetzt wohl Nordmann sagen. Du bist übrigens sehr hübsch und so männlich geworden", vergaß Angurboda sich für einen Moment, um sich gleich wieder zu fangen. „Ich habe die Wölfe von ihrer Jagd abgezogen. Wenn sie jetzt Sonne und Mond verschlingen würden, hätten wir keine Chance mehr. Hati und Skalli sind hier nützlicher."

„Oh", dachte Gilby. „Wenn doch auch Odin so einsichtig wäre wie diese Riesin und Hel."

Dann fragte er Loki: „Thialfi und Röskva haben es nicht geschafft herzukommen?"

„Hier sind wir doch", rief Röskva und sprang mit ihrem Bruder aus dem Spalt.

Juchzend fielen sich alle drei in die Arme.

„Wahnsinn", stammelte Gilby. „Und Thor hat nichts mitbekommen?"

„Nein, der hat keine Ahnung und glaubt uns in Asgard", lachte Röskva. „Du bist groß geworden", sagte sie verlegen und zwirbelte an ihren Zöpfen.

„Du auch", antwortete Gilby leicht beschämt, ohne zu erwähnen, dass Röskva zu einer wunderschönen jungen Frau gereift war.

Ein weiteres Paar verließ den Fels. Lif und Lifthrasir. Deren Begrüßung wurde von einem ohrenbetäubenden Krachen unterbrochen. Vom Ufer des Meeres flogen Eisschollen in die Menge, Wassermassen peitschten an Land und brachen an den Felsen.

Loki und Angurboda rannten zum Ufer. Sie wusste, wer das ausgelöst hatte. Gilby versuchte zu folgen. Doch heftige Wellen warfen den jungen Nordmann immer wieder zurück, bis der monströse Kopf der Schlange sogar die Berge überragte.

„Himmel", stammelte Gilby nur.

„Gib Ruhe, mein Sohn", rief Angurboda Jörmungand zu.

Die Midgardschlange schaukelte mit ihrem Kopf über die Berge und verdunkelte die Region durch hin und her wandernde Schatten.

„Wir sind alle hier", ergänzte Loki Angurbodas Worte. „Dein Bruder Fenris, deine Schwester Hel und wir, deine Eltern.

Jörmungand peitschte mit seinem Schwanz und brach noch mehr Eis auf. Midgard erzitterte unter den Bewegungen. Dann tauchte er wieder ab und erzeugte eine Druckwelle, die jeden mit sich riss. Gilby und alle anderen strudelten zwischen Untoten umher, die voller Panik um sich griffen.

Nach einer Weile floss das Wasser wieder ins Meer und ließ Njörd, Ägir, Ran und die Wellenmädchen zurück.

„Das ist unglaublich", staunte Gilby.

„Nicht wahr", bestätigte Loki. „Jetzt haben wir für alle Fälle unsere eigene Armee und sollten uns auf den Weg nach Wigrid machen, bevor die Asen dort Unfug treiben."

Gilby klopfte auf seine Schulter und Ratatöskr kletterte hinauf. Kargur wieherte erfreut, als Gilby zu ihm kam.

„Das war schon mal interessant", fand Kargur.

„Wird bestimmt noch interessanter."

Alle anderen stiegen auf Naglfar. Das Schiff und Kargur erhoben sich und flogen über die Insel. Das Walkürenpferd flog selbstverständlich voraus.

Schnell ließen sie die Berge hinter sich. Der Sturm legte eine Pause ein und gab die Sicht auf eine weite

Ebene frei, auf der Bifröst von Asgard kommend endete. Das dreistrahlige Leuchten der Regenbogenbrücke wirkte skurril in dieser düsteren Gegend.

Gilby nahm mit großen Augen die Schar der Einherjer wahr, die sich unablässig über die Brücke schoben und den schneebedeckten Boden Wigrids verdunkelten.

Gilby erschrak, als Kargur eine scharfe Bewegung zur Seite machte, erkannte aber sogleich die Ursache. Monströse Kreaturen flogen umher und versuchten, das Walkürenpferd anzugreifen. Doch Kargur war zu wendig und schüttelte die fliegende Meute schnell ab.

„Haha… das hat Spaß gemacht", freute er sich.

Gilby teilte des Pferdes Vergnügen nicht, sagte aber nichts dazu.

In der Ferne zuckten Blitze aus dem Himmel, auf die Kargur Kurs nahm. Gilby erahnte den Verursacher und lag richtig. Thor sauste mit seinem Donnerwagen über Wigrid und schwang in Kampfeslaune Mjölnir. Gilby fand es gar nicht in Ordnung, dass der Donnergott seine Böcke diesem gefährlichen Ort aussetzte.

Die Kreaturen waren gefolgt und fielen der Reihe nach Mjölnir zum Opfer. Mit ausgebreiteten Flügeln blieben ihre hässlichen Körper zuckend auf dem Schnee liegen.

Ratatöskr hatte sich während des Angriffs unter Gilbys Arm verkrochen und steckte nun vorsichtig seine Nase heraus.

„Igitt", sagte er angesichts der toten Monster.

„Hallo, meine Gefährten", schnappte Gilby Kargurs Gedanken auf.

Walküren ritten auf ihren Pferden um sie herum. Gilby erkannte darunter auch Brynhild.

„Hab ich euch ein gutes Pferd gegeben?", rief sie ihm zu.

„Das Beste", bestätigte Gilby.

„Dein Glück", konnte Kargur sich nicht ersparen.

Trotz der angespannten Lage schmunzelte Gilby. Kargur hatte schon seine eigene Art, aber er war furchtlos, tapfer und ein Kämpfer. Brynhild hatte nicht zu viel versprochen.

Kargur bewegte sich wieder auf Bifröst zu. Gilby kam es vor, als ob das Pferd mit ihm eine Besichtigungsreise über irgendeine Landschaft machte. Aber es war Wigrid, das letzte Schlachtfeld.

Er ließ Kargur gewähren. Das Pferd war nicht nur tapfer, sondern zudem intelligent. Es wollte, dass er sich einen Eindruck über die Lage verschafft und das war in Ordnung.

Die Einherjer nahmen inzwischen eine große Fläche der Ebene ein und immer weiter schoben sich Massen der toten Krieger über Bifröst hinweg.

Über die Heerschar flog Odin auf Sleipnir und hielt Gungnir hoch erhoben.

„Ob ich jetzt endlich ein Wettrennen mit dem Achtbeinigen machen kann?", frohlockte Kargur.

„Kannst du auch mal ernst bleiben?", raunte Gilby. „Das hier ist kein Spiel."

„Du gönnst mir auch gar keinen Spaß." Kargur drehte ab und bewegte sich weiter über Wigrid. Gilby sah, dass wohl alle Götter vertreten waren. Dazwischen befanden sich auch Menschen, bewaffnet mit Schwertern, Speeren, Äxten, Keulen und Eisenketten.

Die ersten Frostriesen hatten die Ebene erreicht. Weitere stapften über das vereiste Meer auf die Insel zu. Zwischen den Riesen bewegten sich Zwerge, Gnome, Trolle und andere Kreaturen. Ein groteskes Bild.

Odin war auf Sleipnir bereits zur Stelle und warf seinen Speer Gungnir. Die getroffenen Frostriesen fielen in bläulichen Klumpen zu Boden, standen jedoch in doppelter Zahl gleich wieder auf. Die Menschen vermochten nur, mit ihren Waffen Gliedmaßen abzutrennen und richteten nicht viel aus. Im Gegenzug zerquetschten die Giganten sie einfach mit ihren Füßen. Der Schnee war blutdurchtränkt. Über herumliegende Eingeweide machten sich Trolle und Gnome schmatzend her. Gilby wurde angst und bange. Hatte er sich zu viel vorgenommen?

„Wir haben keine Zeit mehr", japste er. „Wo ist Naglfar?"

„Unwichtig. Du hast mich. Und dieses nichtsnutzige Fellbüschel."

„Hör auf damit, Kargur", schimpfte Gilby. „Du bist das beste Pferd und ich brauche dich. Aber auch die Hilfe der anderen."

„Ah, du brauchst mich? Das gefällt mir."

Gilby wusste inzwischen, wie er Kargur zu nehmen hatte. „Ohne dich geht es nicht", betonte er daher nochmal. „Aber jetzt bringe mich zu Naglfar."

„Gleich. Ich will dir erst was anderes zeigen."

Gilby stöhnte auf. Aber Kargur hatte nun mal seinen eigenen Kopf. Er flog auf ein Gebirgsmassiv am Rande der Insel zu. In einem Tal zwischen den Bergen hockte ein Untier von immenser Größe und wirkte selbst wie ein Berg. Nur war es nicht weiß vom Schnee, sondern schuppig.

Ratatöskr keckerte aufgeregt. Er erkannte seinen Erzfeind: Nidhögg!

„Was macht der Drache hier?", fragte Gilby.

„Das weißt du nicht? Er hörte auf, an den Wurzeln Yggdrasils zu kauen, als Garm heulte. Da wusste er, dass der Baum fallen wird und flog hierher, um die Einherjer

zu fressen. Danach will er zurück und Eichhörnchen und Adler verschlingen."

„Aha", sagte Gilby nur. Das war eine neue Situation. Mit Nidhögg hatte er nicht gerechnet.

„Und jetzt bring mich endlich zu Naglfar", befahl er dem Walkürenpferd. „Und vertrödele keine Zeit mehr mit Ausflügen. Ich hab genug gesehen."

„Wie du möchtest, kleiner Freund."

Das Schiff lag versteckt unter Bifröst. Unter den Scharen von Einherjern aus Walhalla und Folkwang fiel es trotz seiner Größe kaum auf. Die Krieger bedeckten inzwischen die halbe Insel. Aus der Luft erschienen sie Gilby wie wimmelnde Ameisen, die dicht gedrängt weiter zogen.

Die toten Seelen aus Hel befanden sich noch auf Naglfar. Alle anderen hielten sich an Land des Eilands versteckt.

Gilby nickte seinen Gefährten zu. „Es ist so weit. Ich hole sie her."

Röskva antwortete ihm: „Ist gut. Wir wissen was wir zu tun haben."

„Flieg zu Sleipnir", befahl Gilby Kargur.

„Juhu… jetzt doch Wettrennen?"

„Vielleicht wirst du ihn treiben müssen."

Als sie Sleipnir erreichten, rief Gilby Odin zu: „Ich will mein Versprechen einlösen und dir Fenris bringen. Aber zuvor wirst du mir zuhören."

„Du hast mich schon genug zugeschwatzt, Nordjunge. Du siehst doch, was hier los ist. Dies ist kein Ort für unnütze Plauderstündchen."

Gilby reagierte nicht auf das Genörgel des Allvaters und forderte ihn auf: „Folge Kargur!"

„Ich denke nicht daran. Wie du siehst, habe ich hier zu tun." Doch Odin machte die Rechnung ohne das Walkürenpferd.

„*Komm mit mir, Achtbeiniger, wenn du nicht mit deinem Herrn untergehen willst.*"

„*Wettrennen?*", fragte Sleipnir begeistert.

„*Nichts lieber als das*", freute sich Kargur und stob los.

Sleipnir setzte ihm nach und ignorierte die wütenden Kommandos seines Reiters. Schnell war er mit Kargur auf einer Höhe, der aber sofort das Tempo erhöhte. Selbstvergessen jagten die beiden Pferde über Wigrid. Mal lag Kargur vorne, mal Sleipnir.

Gilby setzte dem ein Ende. „*Wir haben ein Ziel, Kargur.*"

„*Warum musst du nur immer so ein Spielverderber sein*", nörgelte das Pferd, drosselte aber gehorsam das Tempo und nahm Kurs auf das nördliche Ufer.

Inzwischen hatte sich Thor dorthin begeben und kreiste mit seinem Donnerwagen über dem Meer.

„Folge uns", rief Gilby ihm zu.

Thor guckte angesichts der Störung mürrisch, gleichzeitig aber auch verblüfft, als er Odin erblickte. Der Allvater zuckte nur mit den Achseln.

„Ich bleibe hier, um der Schlange ihren hässlichen Schädel einzuschlagen, sobald sie ihn aus dem Wasser steckt."

„*Helf nach*", sandte Gilby dem Pferd seinen gedanklichen Befehl.

„*Au ja… das macht jetzt alles richtig Spaß.*" Kargur flog von vorne auf die Böcke zu. Als er sich direkt vor ihnen befand senkte er den Kopf. Tanngrisnir und Tanngnjostr fanden sich auf Kargurs Hals wieder und blickten verdutzt auf Gilby.

„Freut mich, euch zu sehen", begrüßte er sie.

Kargur schob den Wagen mitsamt Thor vor sich her. Gilby hatte den Donnergott noch nie so dümmlich aus dem Wams gucken sehen.

Um dem ganzen Nachdruck zu verleihen, flog Kargur rauf und runter. Der Wagen wippte heftig auf und ab.

„Willst du weiter rückwärts fliegen oder kommst du nun mit?", rief Gilby dem Donnergott zu.

„Jaja… lass meine Böcke bloß alleine fliegen. Das ist ja grauenhaft."

Kargur und Sleipnir galoppierten über Wigrid durch die Wolken voraus. Die Ziegenböcke folgten mit dem Donnerwagen.

Der Kriegsgott Tyr tobte inmitten Wigrid zwischen den Frostriesen, deren Anzahl immer weiter stieg.

„Hol ihn hoch, Odin", kommandierte Gilby.

Der Allvater, komplett verblüfft von den Aktionen und eisernem Willen des jungen Nordmannes, senkte Sleipnir nach unten, griff nach seinem Sohn und zog ihn auf sein Pferd.

„Was soll das?", wetterte Tyr. „Ich erwarte Garm, diesen verfluchten Höllenhund."

„Ich hab selbst keine Ahnung. Gegen diesen Nordjungen anzukommen, scheint unmöglich", wimmerte Odin fast kläglich.

Die Suche über Wigrid ging weiter. Heimdall war auf seinem Pferd Gulltopp in dem Meer der Einherjer schnell auszumachen. Zudem blies er immer wieder in sein Horn, um der Welt Ragnarök anzukündigen.

Gleitend senkte sich Kargur hinab.

„*Komm mit uns*", sandte er seinen Gedanken an Gulltopp, welcher missmutig wieherte.

„*Ich kann nicht fliegen.*"

„*Versuch es. Sonst mache ich dir Flügel.*"

Gulltopp vollbrachte unbeholfene Sprünge, landete jedoch immer wieder auf Bifröst und zertrampelte einige der Einherjer. Die Meute stob auseinander. In dem Gewühle stürzten Krieger schreiend von der Brücke hinab in die Feuerschlucht.

„Praktisch", amüsierte sich Kargur und landete mit einem heftigen Satz hinter Gulltopp, der erschrocken aufsprang.

„Deckung", warnte Kargur und Gilby machte sich auf dem Pferderücken platt. Kargur fegte unter das Wächterpferd und hob es an. Heimdall verlor vor Schreck sein Horn und fluchte lautstark. Kargur wich nach hinten aus, drehte sich und verpasste Gulltopp einen Tritt in dessen Hinterteil. Das Pferd schoss von dem Stoß nach vorne und ruderte unbeholfen mit den Beinen. Kargur stieß es mit seinem Kopf von hinten an, bis Gulltopp durch die Luft galoppierte, als hätte er in seinem Leben nie etwas anderes getan.

„Na also. Geht doch", freute sich Kargur.

„Ich kann fliegen", jubelte Gulltopp.

Heimdall zeterte: „Kehr sofort nach Bifröst um!"

„Er redet mit sich selbst. Einfach nicht hinhören", schlug Kargur vor.

Kargur und Sleipnir nahmen Gulltopp in ihre Mitte und begaben sich mit den eingesammelten Göttern in Richtung Naglfar.

Nahe des Verstecks der anderen landeten sie. Einherjer marschierten weiter johlend zum Schlachtfeld und störten nicht.

Odin, Tyr und Heimdall sprangen wütend von den Pferden, Thor von seinem Donnerwagen.

„Was soll das werden?", schrie Odin und fuchtelte mit Gungnir.

„Steck dein Speer weg. Du hast schon genug Unglück damit angerichtet", erinnerte Gilby den Allvater an den Tod Balders.

Tatsächlich tat Odin wie ihm geheißen.

„Einige der Weissagungen können nicht mehr so eintreffen, wie voraus gesagt", begann Gilby. „Wir können auch die Prophezeiung von Ragnarök ändern, ihr könnt sie ändern."

„Hast du es immer noch nicht verstanden?", protestierte Odin. „Ragnarök hat schon begonnen."

„… wurde aber noch nicht vollendet", ergänzte Gilby. Er schaute in die Runde. „Wollt ihr wirklich alle so sterben, wie die Prophezeiung es sagt? Willst du, Odin, wirklich von Fenris verschlungen werden? Willst du, Thor, wirklich von dem ätzenden Gift der Midgardschlange tot zusammen brechen? Willst du, Tyr, wirklich dein Ende in den Därmen des Höllenhundes finden? Willst du, Heimdall, wirklich von Loki erschlagen werden? Wer soll dann Bifröst bewachen? Denn die Brücke kann nicht mehr durch Surt zerstört werden."

Heimdall runzelte die Stirn, Odin strich an seinem Bart, Tyr kratzte sich mit der verbliebenen Hand den Kopf und Thor guckte dümmlich.

Odin fasste sich als Erster. „Nun gut. Anscheinend hast du einen Plan. Lass hören und fasel nicht lange rum."

„Ihr kämpft nicht gegen eure Gegner, sondern…"

„Ha, auch gut", unterbrach Thor den jungen Nordmann. „Dann nehme ich Fenris und schlage eben dem den Kopf ein."

Odin hob die Hand und wies Thor an, zu schweigen.

„Ihr kämpft *mit* euren Gegnern", beendete Gilby seine Worte.

„Du bist jetzt wohl komplett verrückt geworden", schimpfte Odin. „Dir muss die Hitze in Muspelheim zu Kopf gestiegen sein. Fenris will mich verschlingen und ich biete mich ihm sicherlich nicht freiwillig an."

„Nur die Prophezeiung sagt, dass Fenris dich verschlingen will. Und das ist eine Lüge."

„Fenris wird mich gleich mit verschlingen", meldete sich Tyr und erhob demonstrativ den Arm mit der abgebissenen Hand.

„Ob Fenris oder Garm, kann dir wohl egal sein", bemerkte Gilby spitz. „Odin, ich beweise dir, dass

Fenris harmlos ist und du ihn nur in deiner Fantasie zu einer Bestie machst."

„Das kannst du nicht beweisen."

„Ich bringe dir Fenris zurück, wie ich es versprach. Aber nur, wenn du ihm die Chance gibst, dich von seiner Friedfertigkeit zu überzeugen."

„Gut", lenkte Odin ein. „Um des Versprechens Willen."

„Dann wartet hier", wies Gilby die Götter an.

„Ich pass auf, dass alle hierbleiben."

„Mach das, Kargur."

Kurz darauf schritt Gilby mit Fenris langsam auf Odin zu. Auf dem Wolf saßen Röskva und Thialfi. Nebenher liefen Lif und Lifthrasir.

Odin zog seinen Speer und Thor griff nach Mjölnir.

„Wie kommen meine Ziehkinder hierher?", rief der Donnergott aufgebracht.

„Steckt eure Waffen weg", mahnte Gilby, ohne auf Thors Frage einzugehen. „Ich versprach, Fenris zu dir zu bringen, Odin. Hier und jetzt löse ich das Versprechen ein, aber nur, wenn ihr Gungnir und Mjölnir aus der Hand legt."

Nachdem die Waffen weggesteckt waren, ging Gilby mit Fenris und den Menschenkindern langsam weiter auf Odin zu, nicht ohne den Allvater und die anderen ständig im Auge zu behalten. Fenris senkte mit jedem Schritt seinen Körper nach unten, bis er nur noch auf allen Vieren kroch. Die Mienen der Götter änderten sich in Verwunderung. Direkt vor Odin sprangen Thialfi und Röskva von dem Wolf und hielten gemeinsam mit Lif und Lifthrasir ihre Köpfe an dessen Maul. Fast zärtlich schleckte das Tier über ihre Gesichter. Dann legte Fenris sich demütig vor Odin nieder, den riesigen Kopf auf dem Boden schielte er ihn ergeben an.

Die Götter standen angewurzelt da, niemand brachte ein Wort heraus.

Gilby unterbrach die Stille. „Erinnere dich an Geri und Freki, wie sie zu dir kamen. Sie legten sich genau wie jetzt Fenris voller Demut vor dir nieder."

„Wie ist das möglich? Wir haben ihm so viel Leid zugefügt", raunte Tyr.

„Das habt ihr. Fenris hat es auch nicht vergessen. Er wird deshalb nie mehr bei euch in Asgard sein. Aber er möchte leben, endlich in Freiheit. Ihm liegt nicht an Rache und daran, dass die Welt untergeht. Deshalb will er mit euch kämpfen."

„So, und du meinst, das soll was bringen?", fing Odin sich.

„Es ist zumindest ein Schritt, um Ragnarök abzuwenden, wenn du dich zu ihm bekennst."

„Du bist ein Träumer, Nordjunge."

„Wenn Fenris dich nicht verschlingt, ist es eine weitere Änderung der Prophezeiung. Das kannst du ja wohl nicht leugnen."

„Und ich soll wahrscheinlich mit Garm kämpfen?", fragte Tyr ironisch.

„Und ich mit dem Listigen", folgerte Heimdall mürrisch. „Wo ist der überhaupt?"

Gilby fixierte Odin. „Bevor wir über Loki reden, erwarte ich erst eine Antwort von dir."

„Mag sein, dass Fenris sich jetzt auf unsere Seite stellt. Doch sollten wir alle Ragnarök überstehen, wird er seinen Rachefeldzug starten", meinte Odin.

Röskva baute sich vor dem Allvater auf und stemmte ihre Hände in die Hüften.

„Wenn du das wirklich glaubst, nachdem was sich dir hier für ein Bild bietet, dann führe deinen Kampf alleine. Und ich garantiere dir, du wirst verlieren." Trotzig wandte sie sich ab, stellte sich an Fenris Seite und funkelte Odin wütend an.

Der Mut des Mädchens beeindruckte Gilby zutiefst. „Sie hat recht", unterstütze er Röskva. „Entscheide dich. Kämpfe mit uns oder alleine."

Odin lachte. „Was wollt denn ihr ausrichten? Fünf Menschenkinder, ein Eichhorn und ein Wolf. Mach dich nicht lächerlich, Nordjunge."

„Wie immer nimmst du den Mund recht voll, Odin. Unterschätze uns nicht. Wir sind besser ausgestattet als du denkst."

Odin runzelte die Stirn. „Also gut", lenkte er ein. „Kämpfen wir mit euch. Dann zeig her, wie ihr ausgestattet seid."

Gilby traute dem Allvater nicht. Trotzdem musste er das Angebot annehmen.

„Jederzeit, Odin, werden wir uns gegen dich richten, solltest du falsches Spiel treiben", warnte er. „Warte hier."

Den Göttern fielen die Kinnladen herunter, als Gilby mit seinen Begleitungen erschien. Loki, Hel, Garm, Smurfel, Angurboda mit ihren Wölfen Hati und Skalli, Ägir, Ran, ihre Wellenmädchen und Njörd bauten sich im Halbkreis vor den Göttern auf. Gilby mit Ratatöskr auf Kargur, Fenris, Thialfi und Röskva, Lif und Lifthrasir reihten sich mit ein. Die Anwesenden bildeten eine geschlossene Front, jeder mit wilder Entschlossenheit in den Augen.

Alsdann erschienen die Scharen Untoter von Naglfar, angetrieben von Helhesten.

Odin schluckte schwer. Alle, die nach der Prophezeiung an Ragnarök beteiligt sein sollen, waren zugegen. Aber auch welche, die nicht dabei sein sollten. Hati und Skalli sollten Mond und Sonne jagen und

Finsternis über die Welt bringen. Und nun befanden sie sich hier. Odin wusste das nicht einzuordnen, erkannte aber, dass es Gilby ernst war, verdammt ernst.

Tyr stammelte: „Garm!"

„Loki", raunte Heimdall.

„Die Midgardschlange fehlt", stellte Thor trocken fest.

„Wenn ihr euch gefasst habt, sollten wir langsam mal los", empfahl Gilby leicht amüsiert. „Bevor die Frostriesen und andere Kreaturen immer weiter nach Wigrid vordringen. Und vergesst nicht: Eure vermeintlichen Feinde sind jetzt eure Freunde."

„Wird mir schwerfallen", murmelte Heimdall mit abfälligem Blick auf Loki, der gleichgültig zurück schaute.

„Ich versuch's mal. Werde Garm aber bestimmt nicht streicheln", beschloss Tyr.

Bevor sie zum Schlachtfeld aufbrachen, fiel Röskva Gilby in die Arme. „Pass auf dich auf", flüsterte sie ihm ins Ohr.

Gilby war vollkommen gerührt und verlegen angesichts der Umarmung. „Du auch, Röskva", antwortete er und drückte sie kurz an sich.

Auf dem Schlachtfeld

Sie waren spät. Auf Wigrid wüteten Zwerge, Gnome, Trolle, Kreaturen, Menschen, Einherjer und Frostriesen. Es war nicht auszumachen, wer gegen wen kämpfte, solch ein heilloses Durcheinander herrschte. Die einst weiße schneebedeckte Ebene war blutgerötet. Blauweiße Eisbrocken der gefallenen Frostriesen lagen zuckend und glitschend auf der Suche nach ihren zugehörigen Gliedmaßen dazwischen, um sich wieder zu einem Riesen zu vervollständigen. Walküren rasten auf ihren Pferden über die Ebene und erweckten auf dem Boden liegende Einherjer wieder zum Leben. Brüllend erhoben sich diese, brüllend gingen wieder andere zu Boden.

Dazwischen mischte sich Grölen und Klirren der Riesen, Fauchen und Kreischen undefinierbarer Kreaturen und Todesschreie der Menschen.

Gilby schauderte es. Das begleitende Surren von durch die Luft wirbelnden Schwertern und blechernen Schlägen auf Schilder wirkte fast surreal melodisch.

Zischende, knisternde Blitze aus Mjölnir und deren krachenden Einschläge in schreiende Kreaturen und Riesen unterbrachen die Melodie und riefen Gilby in die Gegenwart zurück.

Thor, immer in Kampflaune, hatte als erster seine Waffe eingesetzt.

„Nicht die Riesen", warnte Gilby. „Sie stehen doppelt wieder auf."

„Na gut", grölte Thor. „Ist ja genug anderes Geviech da", und warf Mjölnir auf ein Flugtier, welches wie eine Mischung aus Drache, Fledermaus und Riesenechse anmutete. Kreischend und mit ausgebreiteten Flügeln segelte das Monster zu Boden und begrub Menschen, Zwerge und Gnome unter sich.

„War wohl auch nicht gut", gab Thor entschuldigend von sich.

„Stimmt. Setz Mjölnir gezielter ein. Überlass die fliegenden Monster Fenris und Garm. Sie sind groß genug, die Viecher zu erreichen."

Wie auf Kommando schossen beide Tiere in die Höhe. An den Flügeln packten sie die Kreaturen und schlugen sie vor Wut geifernd immer wieder auf den Boden, bis sie zuckend liegen blieben. Ächzend verendeten sie durch die Bisse in ihre Kehlen.

Gilby rief Odin zu: „Wir müssen erstmal die Zwerge daraus holen und wieder auf unsere Seite bekommen. Sie haben sich nur aus Angst mit den Frostriesen verbündet."

„Was interessieren hier noch Zwerge", motzte Odin zurück.

„Deine Einstellung ist mal wieder typisch. Dein Egoismus wird für alle das Ende bedeuten, deines zuerst. Für Gleipnir waren dir die Zwerge gut genug."

Gilby wartete weder Antwort noch Reaktion Odins ab und rief Hel zu: „Ich brauche Smurfel hier."

Hel führte Helhesten neben das Walkürenpferd.

„Wie lange muss ich diesen dreibeinigen, stinkenden Gaul denn noch ertragen?"

Helhesten antwortete ebenfalls in der Pferde-Gedankensprache altklug: *„Findest du nicht, wir sollten uns zumindest hier mal vertragen?"*

„Wie recht er doch hat", warf Gilby gedanklich ein.

„Ich kann auch umdrehen", maulte Kargur beleidigt.

„Wirst du nicht. Du willst doch Abenteuer."

Also galoppierte Kargur murrend, aber artig neben dem Totenpferd her.

„Siehst du deine Brüder, Smurfel?"

„Sehe nicht. Zuviel alles."

Gilby winkte die Totengöttin heran. „Komm dichter, Hel. Smurfel muss mit mir reiten."

Hel führte Helhesten direkt an Kargur, so dass Kargurs Bauch die Rippen Helhestens berührte.

„Ich sag nichts", dachte Kargur, wendete aber angewidert den Kopf ab.

Gilby griff nach Smurfels Hand und zog ihn zu sich herüber.

„Gut", fand das Skelettmännchen und hielt stolz seine Lanze.

„*Wie in alten Zeiten*", witzelte Kargur.

„Geh runter", befahl Gilby dem Walkürenpferd. „Aber pass auf die Riesen und Kreaturen auf."

„*Der Hinweis war überflüssig.*"

„*Tut mir leid*", entschuldigte sich Gilby. „*Ich weiß doch, du bist fantastisch und dies vergesse ich manchmal.*" Mit diesen Worten hatte er Kargur wieder versöhnt. Allerdings dachte Gilby, dass Kargur in seiner Art auch recht anstrengend war.

„*Das hab ich vernommen*", kam zu Gilbys Verblüffung zurück.

Kargur galoppierte knapp über den Köpfen der Frostriesen, die mit ihren Keulen nach dem Pferd schlugen. Geschickt wich er immer wieder den Angriffen aus. Gleichzeitig versuchten die fliegenden Monster, das Pferd zu attackieren. Gilby wurde übel, so heftig wirbelte Kargur herum. Smurfel spießte mit seiner Lanze einige Kreaturen auf, die wie brennende Fackeln zu Boden segelten. Sleipnir gesellte sich zu Kargur und Odin warf Gungnir.

„*Wird auch Zeit, dass du mal kommst*", gedachte Kargur seinem Artgenossen.

„Zwerg", rief Smurfel plötzlich.

„Kennst du ihn?", fragte Gilby.

„Nee."

„Egal. Sprech ihn an."

„Ich Angst. Hat Spitzhacke."

Kargur wieherte belustigt. *„Wenn ich der Zwerg wäre, hätte ich eher Angst vor einem gefiederten Knochengestell."*

Gilby motivierte Smurfel: „Du bist hier mit mir auf Kargur. Dir passiert nichts."

„Du da", rief Smurfel dem Zwerg zu, der verdutzt nach oben blickte.

„Ich Dvalin. Wer du?", machte Smurfel weiter.

Der Zwerg fauchte wütend und warf seine Spitzhacke. Sie traf Kargur am Huf und blieb darin stecken. Er wieherte schmerzerfüllt und geriet ins Schlingern. Die Flugtiere nutzten die Gelegenheit und hackten Kargur mit ihren spitzen Zähnen in den Kopf. Kargur jaulte kläglich und taumelte zu Boden. Smurfel fiel auseinander.

Gilby lag inmitten einer mordenden Meute und erwartete nur noch seinen Schutzgeist. Doch statt der Fylgja fegten Fenris und Garm herbei, um die angriffslustigen Kreaturen abzuhalten.

Odin warf Gungnir, Thor Mjölnir und Tyr seinen Speer. Die Untoten aus Hel hielten die Einherjer ab, die nur noch töten wollten, egal wen. Loki errichtete eine Feuerbrunst gegen die Riesen, welche erschrocken zurückwichen.

Um Kargur, Gilby und Smurfels Knochen entstand eine Zone, in die Brynhild eindrang. Sie zog die Spitzhacke aus Kargurs Huf und legte ihre Hände auf das leidende Tier. Sofort erhob Kargur sich und blickte um sich.

„Ach, nett, wie ihr alle um mich besorgt seid."

Gilby schüttelte nur den Kopf. Doch registrierte er mit Genugtuung, dass alle gemeinsam sie beschützt hatten.

Er schubste die Knochen und Federn zusammen. „Smurfel, du kannst dich wieder zusammen setzen."

„Ich was falsch gemacht?", fragte er, nachdem er wieder ganz und mit Hühnerfedern bekleidet war.

„Nein, es war meine Schuld", beruhigte Gilby ihn. „Wir waren dem Zwerg zu nah gekommen."

Brynhild hatte den Zwerg gegriffen und schleppte ihn am Kragen zu Smurfel. „So, jetzt kannst du mit ihm reden."

„Ich Sohn von Ivaldi", versuchte Smurfel es.

Der Zwerg hätte vermutlich beim Anblick des gefiederten Skelettmännchens laut losgelacht, wäre da nicht der feste Griff der Walküre. So empfand er es als ratsam, sich auf das Gespräch mit dieser lächerlichen Figur einzulassen.

„Du sprichst von dem großen Zwergenmeister?"

„Ja. Ivaldi. Ich Sohn."

„Das glaube ich dir nicht", wagte der Zwerg einzuwenden und spürte sogleich, wie die Walküre den Kragen fester zog.

„Habe Brüder", fuhr Smurfel fort. „Grerr, Alfrigg und Berling.

„Hm, die kenne ich. Und du willst Dvalin sein?"

Gilby wurde es zu bunt. „Er will nicht Dvalin sein, er ist Dvalin", fuhr er den Zwerg an. „Du kannst dir überlegen, ob eure Sippe mit den Frostriesen untergehen will."

„Die Riesen werden überleben und uns helfen", motzte der Zwerg.

Brynhild zog den Kragen noch fester. „Wir werden die Riesen bekämpfen und keine Rücksicht auf euch Wichte nehmen können."

„Was sollen wir denn tun?", ächzte der Zwerg nach Luft japsend.

Die Walküre lockerte den Griff. „Wir bringen euch in Sicherheit."

„Ich weiß nicht, wo alle sind", wimmerte der Zwerg. „Sie sind zwischen den Riesen nicht zu sehen."

„Ich werde sie finden", mischte Heimdall sich ein.

„Du suchen", stimmte Smurfel zu, der um seinen Vater besorgt war.

Heimdall machte sich mit Gulltopp auf den Weg und überflog das Heer der Frostriesen. Kargur folgte mit seiner Besatzung. Heimdalls Adleraugen machten die Zwerge schnell ausfindig. Immer, wenn er einen sichtete, warf Smurfel seine Lanze auf die Riesen. Die Zwerge gerieten in Panik und ließen sich willenlos von Brynhild einsammeln. Die Walküre stapelte so viel sie konnte auf ihrem Pferd und brachte die Wichte aus der Gefahrenzone.

„Vater und Brüder nicht da", jammerte Smurfel.

„Sie waren sicher vernünftig und sind in der Schmiede geblieben", beruhigte Gilby das Skelettmännchen.

„Wo ist eigentlich Odin?" Gilby blickte sich suchend um. Der Allvater war nirgends zu sehen.

„Das haben wir gleich." Das Walkürenpferd setzte sich in Bewegung und überflog die Insel.

„Da ist er."

Auch Gilby erblickte im Schutz eines Felsen den Allvater mit einer Riesin. Ihm stockte er Atem. Diese Riesin hatte er schon gesehen. Im Traum, den ihm seine Fylgja geschickt hatte. Es war Skadi.

„Ich muss wissen, was sie bereden."

Kargur setzte oben auf dem Felsplateau auf.

„Was machst du? Hier höre ich nichts."

„Sollte ich direkt neben ihnen landen? Dann erfährst du natürlich alles", spottete Kargur. *„Schick den Nager,*

damit der auch mal zu was nutze ist. Er wird nicht auffallen, wenn er sich nicht zu dämlich anstellt."

„Du erstaunst mich immer wieder", wunderte sich Gilby und gab Ratatöskr die nötigen Anweisungen. Das Eichhörnchen keckerte freudig. „Hab ich doch gesagt, dass ich helfen kann." Flink kletterte er den Fels hinab.

Gilby bezweifelte, ob die Idee überhaupt gut war. Er erinnerte sich an Nidhöggs Worte, dass Ratatöskr Lügen erzählt. Nidhögg! Der Drache verweilte ja auch auf der Insel. Den hatte Gilby ganz vergessen. Aber nun galt es erstmal, den Bericht des Eichhörnchens abzuwarten.

Keckernd kehrte Ratatöskr nach einer Weile zurück.

„Was hast du gehört?", fragte Gilby ungeduldig.

„Gar nichts Gutes", antwortete das Eichhörnchen. „Odin will Loki unter einer Schlange gefesselt sehen und Skadi soll ihm dabei helfen. Dafür soll sie Balder zum Gemahl bekommen. Aber Skadi wurde böse. Sie wisse wohl, dass Balder mit seiner Gattin Nanna in Hel ist. Außerdem habe sie ohnehin kein Interesse mehr an Balder, weil jetzt Uller ihr Gefährte ist. Das wäre Odin wohl bekannt. Skadi schimpfte Odin einen schlechten und durchtriebenen Gott. Sie erinnerte ihn auch an die Ermordung ihres Vaters und an die List, durch die sie Njörd zum Gatten bekam. Am dollsten schimpfte sie aber, dass Odin ihren gemeinsamen Sohn Säming verleugnete."

„Odin und Skadi haben einen Sohn?", fragte Gilby verblüfft.

„*Was für ein Lump*", dachte Kargur.

„*Das kannst du laut sagen*", stimmte Gilby zu.

„*Ich kann nichts laut sagen, nur wiehern.*"

„*Das ist gut so.*"

„Kein Wort zu irgendjemanden", mahnte Gilby das Eichhörnchen.

„Unser Geheimnis", keckerte Ratatöskr.

„Ganz genau. Dann lass uns jetzt zurück nach Wigrid."

Unter ihnen tobte die Schlacht. Die Einherjer töteten jeden, der ihnen vor die Füße lief, sogar sich gegenseitig. Kargur ließ sich nicht beirren und nahm Kurs auf Brynhild, die gerade einen gefallenen Einherjer zu neuem Leben erwecken wollte. Scharf bremste das Pferd vor der Walküre ab.

„*Lass ihn liegen.*"

Brynhild schaute das Walkürenpferd verdutzt an. In seiner Gedankensprache berichtete Kargur ihr, was Odin plante.

„*Du solltest es doch für dich behalten*", schimpfte Gilby.

„*Ich mache, was ich für richtig halte.*"

Brynhild, die ohnehin nicht gut auf den Allvater zu sprechen war, antwortete: „Dann wollen wir dem Gott mal gehörig die Tour vermasseln."

Sie pfiff die anderen Walküren herbei. „Odin hat eine Hinterlist vor. Ab jetzt lasst die toten Krieger aus Walhalla und Folkwang mausetot liegen", ordnete sie an.

Inzwischen war Odin auf Sleipnir eingetroffen. „Was geht hier vor?", grölte er.

Immer mehr Einherjer wurden von den Frostriesen erschlagen oder zertrampelt, während die Walküren tatenlos über das Schlachtfeld kreisten.

Kargur gesellte sich neben Sleipnir und weihte auch ihn ein.

Sleipnir bockte wild. *Ich lasse nicht zu, dass Odin Loki bekommt und fesselt.*

Odin trat ihm heftig in die Seiten. „Was ist in dich gefahren?", schrie er.

Sleipnir wieherte aufgebracht, senkte den Hals und schob ruckartig sein Hinterteil hoch, dass er fast Kopf stand. Odin verlor den Halt, schoss durch die Luft und landete inmitten der grölenden Einherjer, brüllenden Riesen und schreienden Menschen. Schwerter, Keulen, Eisenketten und Füße der Riesen trafen den Allvater. Im Todeskampf versuchte er, Gungnir zu werfen. Der Speer trudelte orientierungslos durch die Luft, bis eine Eisenkette dagegen klirrte. Gungnir schoss herunter und durchbohrte Odins Herz.

Urplötzlich versiegte der ohrenbetäubende Lärm auf dem Schlachtfeld. Niemand bewegte sich. Selbst Riesen, Gnome und Trolle standen wie Statuen herum. Nur zwei Raben kreisten wehleidig krächzend über der Szenerie.

Das Unfassbare war geschehen. Odin, der Allvater war tot.

Blöken unterbrach die Stille. Thor erschien als Erster am Ort des Geschehens. Fassungslos starrte er auf seinen toten Vater. Seine Hand griff nach Mjölnir.

„Wer war das?", brüllte er wild um sich guckend.

Gilby wollte antworten, doch seine Worte wurden durch das Erscheinen Heimdalls erstickt.

„Loki ist schuld. Es ist alles Lokis Schuld. Wir müssen ihn fassen."

Auch Tyr war eingetroffen. „Und diesen verfluchten Nordjungen. Will die Prophezeiungen verdrehen und macht alles nur noch schlimmer. Unser Vater soll *mit* Fenris kämpfen. Pah, das ich nicht lache. Verladen hat er uns. Schnappen wir ihn."

Auf Wigrid brach die wahre Hölle aus. Thor warf Mjölnir. Dessen Ziel war Gilby.

Kargur wich geschickt aus. *„Wir müssen hier weg."*

„Ich will nicht flüchten", wandte Gilby ein.

„Ach nein? Du willst also von diesem Hammer erschlagen werden?"

Das wollte Gilby natürlich auch nicht. „Wir müssen zurück zu den Anderen."

„Klar. Wir führen sie direkt zu Loki. Wie praktisch."

„Ich dachte, du magst Loki nicht?"

„Stimmt. Aber er ist dein Freund und du meiner. Also schütze ich euch beide."

Gilby staunte. So eigenwillig dieses Pferd auch war, es war ebenso unglaublich.

Er kannte die Richtung, die Kargur nahm.

„Du willst doch nicht...?", fragte er entsetzt.

„Doch. Genau das will ich."

Gilby wusste, dass er Kargur von seinem Vorhaben nicht würde abhalten können.

Nidhögg verweilte immer noch an der gleichen Stelle. Witternd erhob er seinen monströsen Kopf.

Kargur flog gefährlich dicht über den Drachen.

„So, schick dein Fellbüschel. Sein großer Auftritt ist gekommen."

„Nidhögg wird Ratatöskr verschlingen."

„Er wollte mit. Nun soll er sich nützlich machen. Vertraue doch endlich mal uns Tieren."

Gilby wusste nicht so recht, was er Ratatöskr sagen sollte, doch der nahm ihm die Entscheidung ab. Er sprang von Gilbys Schulter direkt auf den Rücken des Drachen.

„Wo kommen hier denn Fliegen her, die mich kitzeln?", raunte Nidhögg.

Ratatöskr hüpfte den Rücken des Drachen hoch und setzte sich auf dessen Kopf. „Ich bin's."

„Die Stimme kenne ich. Komm runter von meinem Kopf, damit ich dich verspeisen kann." Schwefelwolken strömten aus Nidhöggs Nasenlöchern.

„Ich bin doch nur dein Nachtisch", keckerte Ratatöskr frech. „Deine Hauptmahlzeit wartet auf Wigrid. Du musst dich beeilen. Die Einherjer werden weniger."

„Lass mich in Ruhe mit deinen Lügengeschichten."

„Du kannst mir glauben oder verhungern. Noch gibt's leckere Einherjer für dich. Frisch und lebendig. Überleg es dir. Und übrigens – Odin ist tot."

Nidhögg stutze. „Odin soll tot sein? Soweit ist es noch nicht, dass Fenris ihn gefressen hat."

„Guck doch nach. Was hindert dich?" Ratatöskr turnte auf den Rücken des Drachen zurück, stellte sich auf die Hinterpfoten und blickte nach oben.

Kargur flog hinab und das Eichhörnchen sprang an ein Bein und kletterte geschwind hinauf. Zufrieden platzierte es sich auf Gilbys Schulter und keckerte vergnügt.

Nidhögg entfaltete die Flügel und verdunkelte die Insel unter seiner Spannweite.

„Na also", frohlockte Kargur. *„Der Nager kann mehr also nur nagen."*

In sicherer Entfernung folgte das Pferd dem Drachen. Schnell hatte Nidhögg das Schlachtfeld erreicht. Erneut erstarrten alle für einen Moment, um dann in alle Richtungen auseinander zu hasten. Feuerspeiend landete Nidhögg mit ausgebreiteten Flügeln und begrub die Meute unter sich. Einherjer verschwanden in seinem Maul.

„So. Jetzt können wir zu den anderen", beschloss Kargur.

„Odin ist tot. Nidhögg verspeist die Einherjer", platzte Gilby die Neuigkeiten heraus. „Thor, Tyr und Heimdall sind wütend. Sie wollen Loki und mich."

„Hast du Odin umgebracht?", fragte Loki.

„Natürlich nicht. Sleipnir hat ihn abgeworfen, Odin fiel mitten in die Meute und dann ist es passiert. Aber die Asen geben Loki und mir die Schuld."

„Mir ist für mich nichts Neues. Aber dir?"

„Wie auch immer. Wir sollten jetzt eingreifen, bevor die Götter weiteren Unfug anstellen."

„Dann los", stimmte Loki zu.

„Kann ich auf deinem Pferd mitreiten?", fragte Röskva Gilby.

„Du und Thialfi bleiben hier. Ebenso Lifthrasir und Lif.

„Nein, ich bleibe nicht noch mal hier", bestimmte Röskva energisch. Sanft fügte sie hinzu: „Ich hab mir solche Sorgen um dich gemacht."

„Es ist zu gefährlich, Röskva."

„Es ist immer gefährlich, wo du bist. Ich komme mit und wenn ich laufen muss."

„Wir auch", sagten Thialfi, Lif und Lifthrasir einstimmig.

Gilby blickte zu Loki, der nur die Schultern hob.

„Mich fragt mal wieder niemand", schmollte Kargur.

„Dann sag deine Meinung."

„Ich bin doch dabei. Reicht doch."

„Also gut", gab Gilby nach. „Lass Röskva aufsteigen."

Kargur knickte die Vorderbeine ein, Röskva schwang sich hinter Gilby und schlang die Arme um ihn.

Loki sprang auf Sleipnir und zog Thialfi zu sich herauf.

Fenris legte sich vor Lif und Lifthrasir, damit das Menschenpaar aufsteigen konnte.

Angurboda lief zwischen ihren Wölfen Hati und Skalli.

Ägir setzte seine Wellenmädchen in seine Haare. Ran und Njörd gesellten sich neben dem Meeresriesen.

Garm und Hel auf Helhesten trieben die Untoten voran, von denen sich einige noch immer so ungelenk und steif bewegten, als seien sie gerade aus dem Slid gestiegen.

Die Allianz bewegte sich über die Insel, bis sie Wigrid erreichten.

Das Schlachtfeld war überflutet. Immer neue Wellen tosten darüber hinweg, in denen Leichen, Einherjer, Trolle, Gnome und andere Kreaturen strudelten.

„Jörmungand!", brüllte Loki.

Sleipnir flog sofort zum Ufer, Kargur folgte.

Gilby registrierte, dass keine lebenden Einherjer mehr zu sehen waren. Auch Nidhögg war verschwunden. Dann erblickte er den mächtigen Kopf der Midgardschlange. Mit breit gezacktem Kamm um das weit aufgerissene Maul attackierte sie züngelnd ihre Angreifer. Thor kreiste mit seinem Donnerwagen über ihr und warf ohne Unterlass Mjölnir. Tyr und Heimdall bewarfen die Schlange mit Speer und Schwert.

Loki führte Sleipnir vor den Donnerwagen. „Halt ein!", rief er Thor zu und hob die Hände. „Erzürne

Jörmungand nicht und zwinge ihn nicht, sein Gift zu verspritzen."

„Du kommst mir gerade recht", brüllte Thor, behielt Mjölnir aber in der Hand. „Hast du dich jetzt dem Listigen zugewandt?", schrie er Thialfi an.

„Ich halte mich an die, welche nicht von Weissagungen verblendet sind."

„Jörmungand ist nicht die Bestie, wie die Prophezeiung es darstellt. Er hält Midgard umschlungen und zusammen. Lass ihn in Ruhe."

„Lüge! Alles Lüge!", brüllte Thor und hob Mjölnir.

Thialfi richtete sich schützend vor Loki auf. „Das wirst du nicht tun."

„Von dir lasse ich mich daran hindern, du Verräter." Thor warf den Hammer. Sleipnir wich aus, Mjölnir folgte beharrlich seinem Ziel. Das Pferd tänzelte in der Luft hin und her, rauf und runter.

„Der Achtbeinige ist gut", vernahm Gilby Kargurs Gedanken.

„Mach was, verdammt!"

„Wie du möchtest, kleiner Freund. Das Mädchen soll sich gut festhalten."

„Halt dich fest, Röskva." Röskva umklammerte Gilby fester und drückte sich an ihn. Ihm wurde etwas heiß.

Ratatöskr verkroch sich unter Gilbys Wams. Nur seine Pinselohren lugten am Kragen hervor und kitzelten Gilby am Hals.

„Ich Dvalur werfen?", fragte Smurfel, der weiterhin mit hocherhobenem Schädel vorne auf Kargur stand.

„Nein", brüllte Gilby. „Auf wen denn?"

Kargur spurtete hinter Mjölnir her, Mjölnir hinter Sleipnir, der immer wieder geschickt auswich.

„Mal sehen, wie lange er kann."

„Kargur!"

„Schon gut."

Das Walkürenpferd hechtete auf Mjölnir zu. Smurfels Kopffedern flogen davon.

„Federn", jammerte Smurfel.

Jörmungand nutzte das Spektakel, schnappte nach dem Donnerwagen und zog ihn samt Thor und den Böcken in die Tiefe.

„Oh", dachte Kargur, riss sein Maul auf und schnappte im Flug den fliegenden Hammer am Stiel.

Gilby war wütend. „Lass verdammt noch mal deine Spielereien."

Angurboda traf ein. Nur ihr Kopf lugte noch aus den Fluten. Ihre langen Haare lagen wie ein blutroter Teppich auf dem Wasser und bewegten sich mit den Wellen. Hati und Skalli flogen neben ihr.

Die Riesin streckte ihre Arme nach Jörmungand aus. „Gib Ruhe, mein Sohn", rief sie. „Auch wenn es mich erfreuen würde, den Donnergott zu beseitigen, es ist der falsche Zeitpunkt."

Jörmungand fauchte, hörte aber auf seine Mutter. Eine gewaltige Flutwelle erzeugend, versank er im Meer.

Gilby zog Ratatöskr unter seinem Wams hervor und setzte ihn auf Kargurs Rücken. Das Eichhörnchen verschwand quiekend sofort unter Röskvas Tunika. Gilby, Loki und Thialfi sprangen in die Fluten und tauchten in die Tiefe. Glühende Augen blickten wachsam hinterher. Angesichts seines Vaters verhielt Jörmungand sich jedoch ruhig.

Der Donnerwagen war auf den Meeresgrund gesunken. Thor versuchte, die Böcke aus ihrem Geschirr zu befreien. Als er Loki erblickte, stutzte er kurz. Jäh wurde der Wagen in die Höhe gehoben. Ägir schaffte ihn an Land, wo sich nur noch wenig Wasser befand.

Die Wellenmädchen griffen nach Gilby und Thialfi und beförderten sie an die Wasseroberfläche.

Loki und Thor tauchten alleine auf.

„Du hast Nerven, Feuergott, dich in meine Nähe zu wagen", brachte Thor prustend hervor.

Loki spuckte einen Schwall Wasser aus. „Wenn ich mich recht entsinne, wurdest du von einem Pferd entwaffnet", spottete er.

„Wo ist dieser verfluchte Gaul?" Thor blickte panisch um sich.

Kargur wieherte. Sein Maul war leer.

„Wo ist mein Hammer?"

Kargur wieherte erneut. Es klang mehr wie lachen.

Thor entriss seinem Halbbruder Tyr den Speer. „Sag mir sofort, wo du Mjölnir gelassen hast. Oder ich spieße dich auf."

Smurfel hob seine Lanze. „Du nicht machen."

„Und dich zerlege ich vorher in deine Einzelteile und werfe sie eigenhändig in den Slid." Thor war außer sich vor Zorn.

Gilby schrie noch: „Nicht, Smurfel!" Doch es war zu spät. Dvalur durchbohrte den Donnergott. Brüllend ging er in Flammen auf.

Loki hob unschuldig die Hände. „Ich war's nicht. Ich wollte helfen", schleimte er.

Smurfel drehte sich zu Gilby um. „War falsch?", fragte er ängstlich. „Ich nicht mehr Slid."

Gilby strich dem Skelettmännchen über den Schädel. „Thor hat selbst schuld. Er wollte sich nicht auf unsere Seite stellen. Es konnte nicht gut für ihn ausgehen."

„Was redest du da?", brüllte Tyr. „DU bist gegen UNS."

„Und Loki auch", mischte sich Heimdall ein.

„Klar", kommentierte Loki.

Heimdall richtete sein Schwert gegen den Feuergott. „Jetzt werde ich dich erledigen, wie die Prophezeiung es vorsieht."

„Ich habe keine Waffe mehr", klagte Tyr.

„Und nur eine Hand", ergänzte Loki grinsend.

Beide Götter wollten Loki angreifen, als Heimdall von neun Wellenmädchen umringt wurde. Verblüfft guckte der Wächtergott auf seine Mütter.

„Wir haben dich geboren und mit deinem Vater Odin zu einem weisen und gütigen Gott erzogen", säuselten sie einstimmig. „Zeige jetzt deine Klugheit und benehme dich nicht töricht. Sonst wird es auch für dich kein gutes Ende nehmen."

„Und von deinem Großvater gibt's dazu auf den Hintern", grölte Ägir dazwischen.

Heimdall warf Loki noch einen vernichtenden Blick zu, nickte dann aber ergeben.

Tyr starrte Heimdall fassungslos an. „Das ist nicht dein Ernst!"

„Meine Mütter haben Recht. Ragnarök kann noch verhindert werden. Wenn wir gegeneinander kämpfen, wird uns das gleiche Schicksal wiederfahren wie Odin und Thor. Lass uns gemeinsam handeln."

Tyr blieb keine Wahl und fügte sich. Ohne seinen Speer konnte er kaum etwas ausrichten. Er hoffte nur, dass Fenris keine Rache nahm.

„Die Böcke", rief Gilby. „Was ist mit den Böcken?" Er eilte zum Donnerwagen. Tanngnjostr und Tanngrisnir hingen verdreht in ihrem Geschirr. Ihre panisch aufgerissenen Augen blickten starr ins Leere, die Zungen hingen aus ihren Mäulern.

„Oh nein", wimmerte Gilby. Er griff in seine Brusttasche, doch sie war leer.

Thialfi ritzte seine Hand auf und hielt sie Gilby hin. Er nahm mit seinem Finger das Blut auf und malte Algiz auf die Köpfe der Böcke. Nichts geschah.

„Brynhild", rief Gilby. „Wir brauchen eine Walküre. Wo sind die alle?"

„Die sind jetzt wohl vogelfrei, wo sie nicht mehr in Odins Diensten stehen", witzelte Loki und erntete giftige Blicke.

„Lass gut sein, Nordjunge", sagte Heimdall. „Ihre Seelen sind jetzt sicherlich bei ihrem Herrn. Und das ist gut so. Dort gehören sie hin."

Traurig wandten Gilby und Thialfi sich ab. Über Röskvas Wangen kullerten Tränen. Thor und die Ziegen waren viele Winter ihre Begleiter gewesen.

Gegröle riss die Gruppe aus ihren trüben Gedanken. Die Frostriesen näherten sich keulenschwingend.

„Steig mit auf Gulltopp auf", lud Heimdall den Kriegsgott ein.

Tyr lehnte ab. „Nein. Ich bleibe hier. Was soll ich ohne Waffe und mit einer Hand ausrichten? Ich warte auf meinen Gegner der Prophezeiung und werde erfahren, ob die Behauptung des Nordjungen stimmt. Sollte es so sein, werde ich nie wieder einer Weissagung glauben. Und wenn Garm mich verschlingt, brauche ich nichts mehr glauben."

Helhesten und Garm drängten die Untoten aus Hel auf die Frostriesen zu, zwischen denen Gnome und Trolle ihr Unwesen trieben. In der Luft verdunkelten unheimliche Kreaturen den Himmel. Die Walküren tobten dazwischen und metzelten sie mit ihren Schwertern nieder. Mit ausgebreiteten Schwingen fielen sie auf die Häupter der Frostriesen und nahmen ihnen die Sicht. Wütend schleuderten sie die Kreaturen von sich auf den nächsten Frostriesen.

„*Wie lustig*", fand Kargur.

„Beweg deinen Hintern dahin", befahl Gilby, der inzwischen wieder auf dem Pferd saß.

„Smurfel, dein nächster großer Auftritt kommt."

Kargur bewegte sich nicht von der Stelle.

„Worauf wartest du, Kargur?"

„Ist ja nur Smurfels großer Auftritt", dachte das Pferd eingeschnappt.

„Natürlich geht das nicht ohne dich. Muss ich das immer wieder erwähnen?"

„Ist ja wohl nicht zu viel verlangt und kann nicht schaden."

Gilby überlegte, was Hels Armee gegen die Frostriesen und Schwarzalben ausrichten konnte. Sie schienen unbewaffnet. Die Kräftigeren schleiften Säcke hinter sich her. Andere bewegten sich weiterhin hölzern und ungelenk.

Die Gestalten erreichten die Front der Riesen und bewegten sich in sie hinein, als wären die Giganten nicht existent. Verblüfft sah Gilby die ersten Riesen umfallen. Die Erde erzitterte.

„Was geht da vor?", rief Gilby.

„Weiß ich auch nicht. Wir sehen nach." Trotz Gilbys Proteste näherte sich Kargur den Riesen, die sofort mit ihren Keulen nach dem Pferd schlugen. Kargur wirbelte herum und knallte dabei seine Hufe gegen den Kopf eines Riesen, der klirrend in seine Einzelteile zersplitterte.

„Kargur!", brüllte Gilby, dem wieder mal schlecht wurde.

„Gut was?" Kargur entfernte sich von den Angreifern. *„Hast du gesehen?"*

171

„Was?", japste Gilby. „Das war gefährlich."

„Immer noch so wenig Vertrauen? Das komische Volk da unten ist mit Ketten verbunden."

„Wie soll ich das sehen, wenn du dich benimmst, als hättest du Ameisen im Hintern?"

„Sollte ich mich etwa erschlagen lassen?"

„Natürlich nicht. Sie sind an Ketten? Das konntest du sehen?"

„Wer kann, der kann."

„Deswegen fallen sie um."

„Ja. Weil sie ihre zu groß geratenen Eisfüße nicht hoch kriegen. Haha."

Die Untoten marschierten weiter durch das Meer der Riesen und brachten sie zu Fall. Doch die ersten standen bereits wieder auf.

„Sag dem gefiederten Knochengestell, er soll auch mal was tun." Kargur hielt auf die wieder auferstandenen Riesen zu.

Smurfel stand schon in Positur und warf seine Lanze. Die Drudenfüße lösten sich im Flug aus dem Axtblatt. Die Lanze traf einen Frostriesen, der sofort in bläulichen Flammen stand. Der Riese taute einfach weg. Die Drudenfüße trafen auf andere Dämonen und ließen sie umfallen. Emsig warf Smurfel immer wieder die Waffe und erledigte Frostriesen und Schwarzalben. Die Reihen der Angreifer wurden lichter.

Weiter hinten brach ohrenbetäubendes Gebrüll aus. Kargur folgte dem Lärm. Die kräftigen Untoten schütteten den Inhalt der Säcke auf die gefallenen Riesen. Es waren Schlangen, die sich um die Einzelteile der Dämonen windeten und diese am Aufstehen hinderten. Sie verätzten die Eisstücke mit ihrem Gift.

Helhesten setzte sich an Kargurs Seite.

„Es sind die Schlangen aus Naströd", rief Hel Gilby zu.

„Wahnsinn", konnte er nur sagen.

Garm sprang in die Menge und schnappte nach Schwarzalben. Knurrend schlug er sie immer wieder auf den Boden, bis sie sich nicht mehr rührten. Dann fraß er sie auf.

Irgendwann wurde es still auf Wigrid. Die hintersten Reihen der Riesen und Schwarzalben zogen sich murrend zurück.

Die Schlacht war vorbei. Überwältigt und bestürzt zugleich blickten alle über das Feld. Ihnen bot sich ein Bild des Grauens. Tote Menschen, tote Schwarzalben und Kreaturen soweit das Auge reichte. Vereinzelt lagen noch ein paar Einherjer dazwischen, die Nidhögg wohl übersehen hatte.

Sie waren sich ihrer Verluste bewusst, aber auch, es geschafft zu haben. Ragnarök war Geschichte.

Von allen Seiten bahnten sich Gestalten ihren Weg über das Schlachtfeld. Es waren Götter, die überlebt hatten. Gilby erkannte einige. Freya kam mit ihrem Katzenwagen angeflogen. Neben ihr befand sich ihr Bruder Frey auf seinem goldenen Eber Gullinbursti. Skadi und Uller stapften Hand in Hand über die Leichname. Auch die schweigsame Snotra entdeckte er. Dann stutzte Gilby. Der Lichtgott Balder schritt mit seiner Gattin Nanna und seiner Mutter Frigg heran.

„Was hat das zu bedeuten?", fragte er Hel.

„Nun", schmunzelte Hel halbgesichtig. „Ich dachte, etwas Prophezeiung kann eintreten und entließ Balder und Nanna aus meinem Reich, wie es an Ragnarök vorgesehen war. Sie werden wieder nach Asgard gehen."

Gilby wendete sich an Frigg: „Das mit deinem Gemahl Odin tut mir leid."

„Mach dir keine Gedanken", antwortete sie. „Dafür habe ich Balder wieder bei mir. Es wird alles gut."

Dann stockte allen der Atem, besonders Tyr. Garm hatte ihn erblickt und starrte ihn mit seinen vier Augen an. Geifer lief aus seinem Maul, das Fell war zottelig und blutverkrustet. Der Höllenhund bewegte sich auf den Kriegsgott zu und senkte den Kopf. Tyr wurde übel. Er wusste nicht, ob vor Angst oder von dem nach Verwesung stinkendem Atem. Vielleicht von beidem. Dann drehte Garm sich um und trottete zu seiner Herrin.

„Wo mag Nidhögg sein?", fragte Gilby.

„*Sehn wir nach, ob er noch hier ist.*" Kargur und Sleipnir flogen zum ursprünglichen Versteck des Drachen, doch der Platz war verweist.

„Er wird zurück zu seiner Höhle sein und auf den Adler und Ratatöskr lauern", meinte Loki.

Das Eichhörnchen keckerte aufgebracht. Gilby strich ihm übers Fell. „Keine Sorge, mein Kleiner. Wenn du willst, kannst du bei mir bleiben. Und danke. Du hast uns sehr geholfen."

„Hab ich gesagt, dass ich helfen kann", antwortete Ratatöskr. „Wenn Yggdrasil noch steht, gehe ich zurück. Der Baum ist meine Heimat."

„Wie du möchtest. Und Yggdrasil steht noch. Wir sind hier, in Midgard. Die Esche trägt uns weiter."

Ratatöskr keckerte freudig und wackelte mit seinen Pinselohren.

Die kleine Gruppe begab sich auf den Pferden zurück zu den anderen.

Etwas Buntes hob sich auf dem trostlosen und düsteren Boden zwischen den Gefallenen ab.

„Federn von Dvalin", rief Smurfel erfreut.

Ohne ein Kommando abzuwarten, flog Kargur hinunter. Gilby sprang vom Pferd und sammelte Smurfels Kopfschmuck ein. Glücklich setzte sich Smurfel das Gefieder auf seinen Schädel.

Tyr, Heimdall und Loki standen beieinander und gestikulierten heftig. Gilby befürchtete, dass es doch noch zum Kampf kommen würde, nachdem alles überstanden schien. Doch dann schlugen sie sich gegenseitig auf die Schultern und trennten sich.

Gilby hatte es jetzt eilig, in seine Siedlung zu seiner Mutter zurückzukehren. Gleichzeitig fürchtete er sich davor. Was würde ihn dort erwarten?

Röskva beschloss: „Ich gehe mit dir. Ich lass dich nicht allein."

In der Siedlung

Entsetzt schaute Gilby auf das, was von der Siedlung übrig war. Sie war fast vollständig zerstört. Erschüttert stand Gilby mit Röskva vor seinem ehemaligen Heim. Nur verkohlte Hölzer und herum liegende Lehmklumpen waren davon übrig geblieben. Röskva nahm tröstend Gilbys Hand, doch er riss sich los. Wie verrückt warf er die Überreste der Hütte beiseite in der Hoffnung, seine Mutter in den Trümmern zu finden und sie noch retten zu können. Tränen der Verzweiflung schossen aus seinen Augen, ahnte er doch, wie sinnlos die Suche war. Trotzdem wollte er es nicht begreifen, nicht akzeptieren. Alles war umsonst gewesen.

Röskva stand reglos dabei und ließ Gilby gewähren, bis er zusammenbrach und sein Körper sich im Tränenguss erschütterte. Sie stieg über die Trümmer und erfasste Gilbys zuckende Schultern.

„Komm Gilby", sprach sie sanft. „Wir errichten uns hier ein Lager und wollen deiner Mutter gedenken."

Gilby folgte vor Kummer gekrümmt dem Mädchen. Röskva fand ein angesengtes Fell und legte es vor Gilbys einstiges Heim. Sie zog ihn zu sich herunter, legte den Arm um ihn und ließ ihm Zeit.

Gilby starrte auf die Stelle, wo einst die Hütte seiner Eltern stand und er seine Kindheit verbracht hatte. Ab und zu flüsterte er still vor sich hin: „Sirid", „Mutter", „Andvari".

Durcheinander wirbelnde Gedanken rauschten durch seinen Kopf. Die Erinnerungen an all seine Versuche und Kämpfe, das Schlimmste für seine Eltern und sich abzuwenden fraßen sich in sein Hirn. Seine Opferung an Ägir, die Befreiung Fenris, Vidars Schuh, Muspelheim und zuletzt die entscheidende Schlacht auf Wigrid. Die er wie alles überstanden hatte und doch war alles vergebens gewesen.

Er machte sich Vorwürfe. Er hätte bei seiner Mutter bleiben müssen. Die Ungewissheit zermürbte ihn. Wie war sie gestorben? Was war ihr wiederfahren? Warum ist sie nicht hier? Lebt sie vielleicht noch? Konnte sie flüchten? Aber wohin? Gilby hatte das Gefühl, verrückt zu werden. Wieder erschütterte ihn ein Weinkrampf. Röskva nahm in die die Arme und hielt ihn fest an sich gedrückt.

Irgendwann versiegten Gilbys Tränen.

„Deine Eltern?", sagte er. „Wir müssen nachsehen."

„Nicht jetzt, nicht heute", antwortete Röskva. „Erzähle mir von Sirid und Andvari. Was hast du Schönes mit deinen Eltern erlebt?"

Dankbar drückte Gilby Röskvas Hand und redete. Er redete die ganze Nacht und Röskva hörte ihm zu. Manchmal schwieg er auch und sie lagen einfach nur engumschlungen beieinander. Irgendwann hatte die Sonne den Mond verjagt. Beide blinzelten in die Strahlen. Der Morgen war warm, wie sie es seit langer Zeit nicht mehr kannten. Der Schnee taute. „Das ist dein Verdienst, Gilby", sprach Röskva. „Ohne dich würde es Sonne und Mond nicht mehr geben." Gilby schaute Röskva in ihre blauen Augen. Er nahm einen Zopf und zwirbelte daran. Röskva wuschelte ihm über den roten Schopf. „Danke Röskva. Ohne dich hätte ich diese Nacht nicht überlebt." Zärtlich küsste er sie.

„Wir sollten nachsehen, ob es noch Überlebende gibt", schlug Röskva vor. Gilby stimmte zu und beide gingen durch die Siedlung. Eine einzige Hütte stand noch. Gilby wusste, dass sie von einem alten Greis bewohnt wurde. Langsam öffnete er die Tür und spähte hinein. Der Greis lag auf seinem Lager und röchelte schwer. Gilby eilte zu ihm und fasste ihn vorsichtig an den Schultern.

Röskva war gefolgt und riss entsetzt die Augen auf. „Fass ihn nicht an", schrie sie hysterisch.

Erschrocken ließ Gilby den Greis los. Erst jetzt sah er, dass dessen Haut mit nässenden, eitrigen und blutigen Quaddeln übersäht war.

„Wir müssen ihm helfen."

Röskva zog Gilby am Rock zurück. „Wir können ihm nicht mehr helfen."

Gilby schrubbte sich gedankenverloren seine Hände am Rock.

„Was ist mit deinen Händen?" Röskva wirkte panisch.

„Sie jucken und brennen." Gilby schaute auf die Innenflächen seiner Hände. Eine blutig-schleimige Substanz klebte daran. Er griff in den Schnee und rieb die klebrige Masse ab.

Leicht verklärt griente er Röskva an. „Alles gut."

„Zeig mir deine Hände."

„Es ist alles gut", wiederholte Gilby.

„Gilby!", mahnte Röskva forsch.

Widerwillig öffnete er die Hände. Pusteln erblühten darin wie roter Mohn.

Röskva wich zurück und schüttelte verzweifelt den Kopf.

„Es ist schlimm, nicht wahr?", stammelte Gilby angsterfüllt.

Röskvas Tränen waren die Antwort.

Kargur wieherte und galoppierte eilig davon.

Nach drei Monden war Gilbys Körper mit eitrigen und blutigen Quaddeln übersäht. Er konnte sich nicht mehr auf den Beinen halten und Röskva errichtete ihm ein notdürftiges Lager. Sie wachte bei ihm, ohne ihn in ihre Arme nehmen zu dürfen.

Das Geräusch von Pferdehufen riss Röskva aus ihren trüben Gedanken. Kargur blieb neben Gilby stehen. Auf seinem Rücken saßen zwei Reiterinnen, die Röskva nicht kannte.

Loki folgte auf Sleipnir und die Walküre Brynhild auf ihrem Pferd. Kurz darauf trafen Freya und ihr Bruder Frey, beide auf dem Eber Gullinbursti, ein. Freyas Katzenwagen brachte ein Paar mit, welches Röskva ebenfalls fremd war.

Erschüttert sammelten sich die Ankömmlinge um Gilbys Lager. Mit trübem Blick erkannte Gilby verschwommen die Meisten und verzog zaghaft den Mund zu einem Lächeln.

Röskva wandte sich an Loki: „Wer sind die alle?"

„Kargur hat Eir und Snotra geholt. Eir ist die Göttin der Heilung, Snotra die Göttin der Klugheit, Tugend und Sittsamkeit, aber auch eine Priesterin. Gilby kennt sie. Auf Freyas Katzenwagen ist Iduna mit ihrem Gemahl Bragi gekommen. Iduna ist die

Göttin der Jugend und Unsterblichkeit. Bragi ist der Dichtergott und ein Sohn Odins. Die anderen kennst du."

„Es ist schön, dass sie alle gekommen sind. Aber ist es gut, dass ein Sohn Odins hier ist?", fragte Röskva.

„Bragi ist anders als alle anderen Götter. Sein Leben ist die Dichtkunst und der Gesang. Er hat ein schweres Leben hinter sich und erst im Alter erfahren, wer sein Vater ist. Auch lernte er spät seine Iduna kennen, nachdem er lange auf den Irrwegen der Liebe wandelte und enttäuscht wurde. Ja, es ist gut, dass er hier ist."

Die Göttin Eir ließ Heilkräuter auf Gilbys Körper rieseln. Dabei murmelte sie Worte, die niemand verstand. Snotra blickte in die Ferne, während sie stille Gebete sprach. Gilby blinzelte zu ihr hoch. Er erinnerte sich an die erste Begegnung mit der Göttin und ihre Anwesenheit erfüllte ihn mit Frieden. Doch die Kräuter nahmen ihm nicht den Schmerz.

Loki richtete sein Wort an Gilby: „Ich werde dich nicht alleine lassen. Du hast so viel für mich, für alle getan. Gib nicht auf, Gilby."

Gilby vernahm die Worte des Feuergotts, doch spendeten sie ihm keinen Trost. Sie beunruhigten ihn. Er vermisste den Spott, wie er ihn von Loki gewohnt war.

Iduna beugte sich über Gilbys Lager und reichte ihm einen Apfel. „Versuche, diesen Apfel zu essen. Er macht dich unsterblich."

Gilby schüttelte ablehnend den Kopf. Er war kein Gott, sondern ein Mensch. Er wollte nicht unsterblich sein.

Brynhild belegte Gilby mit der Rune Algiz, dessen Heilkraft schon wahre Wunder bewirkt hatte. Doch jetzt schien alles vergebens.

Nach sieben Monden erblickte Gilby Naira, seine Fylgja. Ihr Anlitz zeigte sich so lieblich, wie er es noch nie gesehen hatte.

Er sah Freya und Frey. Sein Kopf spulte an die Anfänge seiner Abenteuer zurück. Wie Freya ihn als Falke aus der Unterwasserwelt Ägirs über das Nordmeer zum Thingplatz flog, wie Frey ihm ein Tuch übergab, wie er dieses Tuch entfaltete und es zu einem Schiff wurde. Schnell zogen alle seine Abenteuer vor seinem geistigen Auge vorbei.

Dumpf, aber beruhigend vernahm Gilby die Gebete Snotras und die sanften Klänge aus Bragis Leier, begleitet von leisem Gesang.

Trübe nahm er das Zwinkern des Feuergotts wahr und schaffte einen kleinen Zwinker zurück.

Dann ließ er sich voller Vertrauen in die Aura seiner Fylgja fallen und folgte ihr in eine andere Welt.

Röskva ging zurück zu Gilbys ehemaliger Hütte und holte das Fell, auf dem sie ihre erste Nacht in der Siedlung verbracht hatten. Sie deckte Gilbys Leichnam damit ab.

„Bringst du mich zum Hof meiner Eltern?", fragte sie das Walkürenpferd. „Ich muss nachsehen, ob sie noch leben."

Kargur wieherte verhalten und schabte mit einem Vorderhuf. *„Mach's gut, kleiner Freund"*, gedachte er ein letztes Mal Gilby.

Dann ließ er Röskva aufsteigen.

Wiedersehen

Ehrfürchtig setzte Gilby seinen Fuß auf die goldene Gjallarbru, die in das Totenreich der Hel führte. Nun löste er auch das Versprechen ein, welches er der Totengöttin gab. Um ihn herum flirrte fröhlich ein kristallenes Wesen. Sein Schutzgeist, seine Fylgja, seine Naira. Ihre Anwesenheit füllte sein Herz mit Freude und er erinnerte sich an die Erlebnisse mit Naira, der Elfe. Ihr bissiges *Nordjunge* würde er nie vergessen.

In der Schlange weiterer Verstorbener schritt Gilby zuversichtlich über die Brücke. Am Ende wartete Modgud und kontrollierte die Ankömmlinge.

Als Gilby die Brücke verließ, wurde Modgud barsch beiseite geschuppst.

„Ich lasse mir doch nicht nehmen, dich persönlich zu begrüßen", hauchte Hel. „Darf ich dich auf Helhesten zu deinem Heim führen?"

„Na klar", antwortete Gilby. „Ich bin Helhesten ja schon gewohnt."

Er ließ sich von der Totengöttin auf das Pferd ziehen und wunderte sich, den Gestank des Tieres nicht mehr wahr zu nehmen. Er schnupperte an Hels toter Seite und roch ebenfalls nichts.

Seine Fylgja setzte sich keck auf Hels Schulter. Gilby war auch erstaunt, dass Hel sie nicht bemerkte.

Als sie ihn zu Lebzeiten nach Eljudnir begleitete, konnte Hel sie sehen. Offensichtlich war jetzt einiges anders.

„Überrascht, Nordjunge?", säuselte die Fylgja.

Gilby wäre vor Schreck fast von Helhesten gefallen. Seine Fylgja sprach hier zu ihm. Sie nannte ihn *Nordjunge*. Er war glücklich. Seelig schmiegte er sich an Hel.

Helhesten setzte wie immer äußerst ungelenk vor einem großen Garten auf. Gilby staunte über die bunte Blumenpracht. Schmetterlinge, Hummeln und Bienen surrten von einer Blüte zur nächsten. Daneben machte er eine eingezäunte Wiese aus. Und eine Hütte, eine sehr große Hütte.

„Dein Heim", sagte Hel. „Gefällt es dir?"

Gilby schnappte nach Luft. „Es ist… unglaublich… wunderschön."

„Das hab ich gehofft. Die Wiese ist für die Tiere, die du dir wünschtest. Auch ich löse mein Versprechen ein. Welche möchtest du?"

Ohne zu überlegen platzte Gilby heraus: „Tanngrisnir und Tanngnjostr. Sind sie hier?"

„Du hast Glück. Sie sind ertrunken, aber Ran überließ sie mir."

„Und Thor?", fragte Gilby nach.

„Thor starb im Kampf. Der Eintritt in mein Reich ist ihm deshalb verwehrt."

„Wo ist er denn? Odin ist auch tot und Walhalla gibt es doch nicht mehr, oder?"

„Stimmt. Odin und Thor sind in Folkwang bei Freya. Die Liebesgöttin hat endlich auf ihren Vater Njörd gehört und führt ihr Totenreich jetzt anders. Odin und Thor werden nun von ihr zu redlichen Göttern erzogen", lachte Hel.

Sie befahl Helhesten, die Böcke zu holen.

Kurz darauf kamen Tanngrisnir und Tanngnjostr laut blökend angesprungen. Gilby umarmte jedes Tier und die Ziegen stießen übermütig ihre Hörner an seine Beine.

„Möchtest du noch mehr Tiere?", fragte Hel.

Gilby war etwas überfordert. „Äh… nein, im Moment nicht." Er dachte an Kargur. „Vielleicht später mal ein Pferd. Warum bekomme ich so eine große Hütte?", brannte es ihm auf der Seele.

„Vielleicht für deine Familie."

„Familie? Hab ich doch nicht."

„Was nicht ist, kann ja noch werden?", antwortete Hel geheimnisvoll.

„Ich möchte Smurfel begrüßen", bat Gilby.

„Ist gut. Wir können laufen."

Das nächste Gehöft lag in Sichtweite, auch andere waren nicht allzu weit entfernt.

„Wie eine Siedlung", dachte Gilby und ein heimatliches Gefühl erfüllte ihn.

Zwei Menschen arbeiteten in einem Garten und pflegten die Beete.

Gilby verlangsamte ungläubig seinen Schritt, um im nächsten Moment loszurennen.

„Sirid! Andvari!", rief er.

Seine Eltern blickten auf. „Gilby!", riefen beide ihrerseits aus einem Mund und fingen ihren Sohn mit den Armen auf.

„Wie ist das möglich? Wieso bist du hier, Vater, und nicht mehr bei Ran? Was ist dir wiederfahren, Mutter?" Gilbys Gedanken überschlugen sich.

Sirid antwortete zuerst: „Es war die Hölle in der Siedlung. Die Erde bebte und böse Gestalten zündeten unsere Hütten an. Die wenigen Überlebenden des Fimbulwinters wurden ermordet. Mein Herz erkrankte vor Kummer, Angst und Gram. Ich wollte weg von diesem Ort der Verdammnis und schleppte mich durch Kälte und Schnee ans Ufer des Nordmeeres. Dort starb ich."

„Oh Mutter, es tut mir so leid. Ich hätte dich nicht allein lassen dürfen", wimmerte Gilby.

„Mach dir keine Vorwürfe, mein Junge. Wir hätten es beide nicht überlebt. Doch ich weiß, dass du etwas erreicht haben musst. Sonst würde es das Totenreich der Hel nicht mehr geben."

„Ja, Ragnarök haben wir verhindert", stimmte Gilby zu. „Ich werde euch alles erzählen. Und du, Vater? Du wolltest doch bei Ran bleiben?"

Statt Andvari antwortete Hel: „Ran konnte ihren Toten in der Unterwasserwelt nicht mehr das geben, was sie brauchten. Sie verhandelte mit mir und ich nahm die toten Seelen auf. Die jetzt zur Ran zurück möchten, gebe ich wieder frei. Ran verzichtet dafür auf die, die hierbleiben wollen."

Gilby war beeindruckt, richtete aber sogleich einen fragenden Blick zu seinem Vater.

„Ran und Hel sind sehr gerechte Göttinnen", antwortete Andvari. „Ran gab mir Seelenheil, dafür bin ich ihr dankbar. Aber jetzt bleibe ich hier, bei Sirid und bei dir."

Gilby war fassungslos. Die Familie war wieder beisammen. Zwar nicht in Midgard, wie er es vor vielen Wintern wollte, aber in einer anderen Welt.

„Schau mal." Sirid wies auf die Beete. „Wir haben Kräuter angebaut."

Gilby betrachtete die Pflanzen, welche so kräftig und üppig wuchsen, wie er es in Midgard nie gesehen hatte.

„Dann gibt es wieder deine leckeren Suppen?"

„Noch viel bessere. Du wirst darin baden wollen", lachte Sirid.

„Lass uns jetzt zu Smurfel gehen", schlug Hel vor.

Damit war Gilby einverstanden. Seine Fylgja hatte sich auf seiner Schulter nieder gelassen.

„Was ist mit Naglfar?", fragte Gilby auf dem Weg zum Skelettmännchen.

„Das Schiff liegt wieder friedlich im Gjöll. Ägir, Njörd und die Wellenmädchen brachten es mitsamt meiner Toten zurück."

„Klingt, als wären Ägir und Njörd jetzt beste Freunde."

Hel lachte. „Das werden sie wohl nie sein. Aber Ägir wird sich wohl überlegen, noch Menschenopfer zu fordern und eine nächste Ragnarök herauf zu beschwören."

„Hoffentlich", sagte Gilby. „Aber der schlimmste Auslöser ist tot – Odin. Obwohl es mir leid tut, dass er so grausam starb."

Hel zuckte die Achseln. „Er war eben unverbesserlich."

„Wo sind jetzt die Toten aus Nasträd und dem Slid?", wollte Gilby wissen.

„Wieder in Nasträd", antwortete Hel mit unbewegter Miene.

Gilby blickte die Totengöttin entsetzt an. „Du sagtest doch…"

„Sie bauen Nasträd in ein großes Heim für alle um. Die Schlangen hab ich auf der Insel gelassen. Der Slid ist zugeschüttet. Das haben die Untoten selbst mit Gejohle und Getöse gemacht. Ich musste sie zur Ruhe mahnen. Der Lärm war ja unerträglich."

Gilby atmete erleichtert auf. Er wäre sehr enttäuscht gewesen, hätte Hel es sich anders überlegt.

Smurfel war selbstverständlich inmitten seiner Hühner anzutreffen.

„Du da?", freute er sich, als er Gilby erblickte.

„Ja Smurfel, ich bin wieder hier und jetzt bleibe ich auch."

„Gut. Du auch Hühner haben?"

„Noch nicht. Ich hab zwei Ziegen."

„Schade. Hühner besser."

Smurfel überlegte kurz. „Du Vater gesehen?"

„Nein nicht mehr. Aber wenn er nicht hier ist, wird er mit deinen Brüdern in der Schmiede sein."

„Gut." Damit war für Smurfel die Sache erledigt und er warf den Hühnern ein paar Körner hin, die sofort aufgepickt wurden.

Gilby und Hel traten den Rückweg an. In der Ferne sah Gilby ein Wolfsrudel, angeführt von einem Wolf, der um ein Vielfaches größer als die anderen war.

„Das ist doch Fenris", erkannte Gilby. „Aber wer sind die anderen?"

„Viele Wölfe haben den Fimbulwinter nicht überlebt. Ich hab sie in mein Reich geholt. Jetzt hat mein

Bruder nicht nur seine Freiheit, sondern auch sein eigenes Rudel", antwortete Hel und strich Gilby über den Schopf. „Ohne dich wäre es nie so gekommen."

Gilby setzte sich zu Tanngrisnir und Tanngnjostr, die friedlich grasten. Er ließ seinen Blick über das weite, grüne Land schweifen, in welchem nichts mehr darauf hindeutete, dass es jemals einen Fimbulwinter gab.

„Ich werde für uns einen Wagen zimmern, mit dem wir diese wundervolle Welt erkunden können", sagte er zu den Vierbeinern. „Was meint ihr?"

Die Böcke blökten kurz und grasten weiter.

Der Duft von frisch gezupftem Gras drang in Gilbys Nase. Er schloss die Augen, hörte Insekten summen, das Flirren seiner Fylgja, roch Blüten, Kräuter und den penetranten Geruch von Ziegen.

„Ich werde sie baden müssen", dachte er und schlief selig ein.

Nachspann

In Asgard regierte Fimbultyr. Die Menschen huldigten dem Allvater. Die Weisen unter ihnen wussten, dass es der wiedergeborene Odin war, der aus seinen Schandtaten gelernt hatte und jetzt endlich der Gott war, den sich die Menschen immer wünschten.

Auch in den anderen Welten war die Ordnung wieder hergestellt.

In Lichtalbenheim feierten die Elfen und Feen ihr Frühlingsfest so ausgelassen, wie nie zuvor.

Die Zwerge waren nach Schwarzalbenheim in ihre Schmieden zurückgekehrt. Der alte Ivaldi sah seinen Söhnen bei der Arbeit zu und dachte voller Stolz viel an Dvalin.

Ran füllte ihre Hallen wieder mit ertrunkenen Seefahrern und einigen Rückkehrern aus Hel. Und Ägir braute Bier und gab seine Trinkgelage.

Nur Muspels Söhne in der Feuerwelt waren schlecht gestimmt. Sie hockten um den Lavasee und betrauerten in ratloser Verblödung ihren Meister Surt.

Der Drache Nidhögg kauerte frustriert in seiner Höhle und knabberte nur noch halbherzig an Yggdrasils Wurzeln. Zwischendurch spie er die vielen Knochen der Einherjer aus und hörte sich missmutig die Geschichten des Eichhörnchens an.

In Midgard blühte die Natur auf. Fast nichts erinnerte noch an den Fimbulwinter. Nur hier und da lagen noch ein paar kümmerliche, schmuddelige Schneefladen herum.

Lif hielt stolz ihren neugeborenen Sohn im Arm.

„Ich finde, wir sollten ihn Gilby nennen. Was meinst du?"

„Das ist eine gute Idee", stimmte Lifthrasir zu und schloss seine junge Familie in die Arme.

Die Bäuerin reichte Thialfi eine warme Ziegenmilch.

„Gib sie deiner Schwester. Das wird sie stärken nach der anstrengenden Geburt."

Dankbar nahm Röskva einen Schluck und legte ihren Sohn an die Brust. Sie strich ihm über den mit feuerrotem Flaum bedeckten Kopf und flüsterte zärtlich seinen Namen:

„Gilby…"

*** Ende ***